LUMINAIRE

光启

守望思想　逐光启航

春 鸟

国木田独步经典作品集

[日] 国木田独步 著

罗嘉 译

上海人民出版社 LUMINAIRE BOOKS
光启书局

目 录

武藏野

一

文政年间的一册地图上，有着这样的描述："武藏野之遗影，所剩只在入间郡或可一见。"同册，就入间郡有段这样的记载："小手指原、久米川均为古时战场。据《太平记》[1]所载，元弘[2]三年五月十一日，源、平交锋于小手指原，激战三十余回。日暮，平氏退三里，占据久米川。翌日晨，源氏攻破久米川。"我暗自思忖，武藏野之遗址，莫非即此古战场所在？想去看看，却迟迟未动，心下疑惑：时至今日，那里是否依旧还有昔日模样？无论怎样，仅通过图片或歌舞想象武藏野往昔的岁月，该不只我一人。如此的武藏野，现在是怎样的风貌呢？其实早在一年前，我就想给自己一个满意的答案，而今便显得更为迫切。

---

[1] 《太平记》为日本室町时代的军事题材古典文学作品。——译注。本书注释
　　皆为译注。

[2] 元弘为日本后醍醐天皇的年号，时间跨度为1318—1368年。

我真能以一己之力达成此愿吗？自然不能说不行。困难肯定是有，但这更激发了我对武藏野的兴趣，相信不少人会有同感。

那么，就让我来揭示一下秋冬以来自己的所见所感。所道之处，自可了却一部分小小心愿。首先，是我的自问自答：武藏野的美，绝不会今不如昔。昔日的武藏野，如今不能亲眼一见，那美不胜收之景，恐怕难以想象。今之武藏野，触目所及的美，毋庸置疑，让我心驰神往。对于武藏野，与其称为美，不如用诗韵来形容更为贴切。

二

鉴于手头资料所限，暂且取我的日记做蓝本吧。明治二十九年初秋到翌年初春，我住在涩谷村的一间茅屋里。心底的那丝愿望，也打那时升起，正因如此，才写下秋冬的逸事。

九月七日："昨今两日，南风强劲，云卷云舒，细雨淅沥，时下时停。云销雨霁，彩彻区明，一时林影熠熠。"

此乃武藏野之初秋。林子依旧是夏日的绿，天空却已不是夏日的模样。伴着南风挟带的云雨，天空沉沉，不时簌簌落下雨滴。而在放晴的一刻，水汽空蒙，薄雾氤氲，阳光洒落林间，周遭一片熠熠生辉。我常想，如能在这样的日子里，好好看一看武藏野，会是何等的美妙。时隔两日，九日的日记里写道："强风吹拂，秋声遍野，片片浮云，变幻无常。"连日里恰逢这样的天气，天空和原野，景色万千，阳光虽还是夏日的，云色风声却已有了秋意，不禁让我兴味盎然。

这仅是武藏野秋的开始，我把到冬天结束的日记全部抄呈出来，合观多姿多彩的武藏野吧。

九月十九日："清晨，阴霾无风，雾冷露寒，秋虫唧唧，大地仿若尚未苏醒。"

同月二十一日："秋空一碧如洗，木叶熠熠发光。"

十月十九日："月弄疏明，古木森然。"

同月二十五日："朝雾浓，午后放晴。入夜，月光清澈，见于云隙。晓雾未散时出门，漫步于旷野，徘徊于林间。"

同月二十六日："午后林间小坐，四顾、倾听、凝视、默想。"

十一月四日："天高气爽。薄暮，独自迎风立于旷野。天外富士，近在眼前。极目远眺，地平线上，群山连绵，黑影成线。星光点点，暮色近而林影远。"

同月十八日："闲步踏月，青烟笼罩，林影婆娑。"

同月十九日："气朗风清，露水轻寒。目见黄叶，绿叶依稀。枝头鸟儿，婉转啁啾。路上行人寥寥，默思，独自信步低吟。凭栏乘闲，漫步于郊野。"

同月二十二日："夜深，窗外林间风声急，雨止息，滴水声声。"

同月二十三日："昨夜，秋风秋雨凄凄，落叶枯木萧萧。禾田收割已尽，萧瑟枯败凄凉。"

同月二十四日："落木瑟瑟，枝头零落依稀。望远山，心中凄凉。"

同月二十六日，夜十时："夜听窗外风雨声，滴水相映。终日雾锁林野，恰似遥遥无绝期，绵绵如梦。午后携犬信步，犬卧小寐，我自坐林间。溪水潺潺蜿蜒，落叶悠悠沉浮。秋雨滴霏，时断时续，间或落在林中，轻轻洒在叶上，无尽凄凉。"

同月二十七日："一夜风雨初放晴，云淡风轻照日和。登屋后小丘，瞻远山富士，白皑皑，傲立于连绵群山，风清气澄。

莫非已是初冬之晨？禾田水波如镜，林影倒映。"

十二月二日："晨霜如雪，朝日熠熠，美不尽收。俄顷薄云渐拢，便觉日光清寒。"

同月二十二日："初雪。"

三十年一月十三日："夜深，林寂风停。飘飘洒洒，间有飞雪。掌灯看雪飞，琼芳舞晶莹。啊，岑寂了，武藏野。侧耳，远处林间风声乍起。"

同月十四日："今晨大雪，葡萄棚倒塌。

夜半，朔风凛冽，怒号之声不绝于耳。这便是肆虐于武藏野林间冬夜的劲风。冰融滴水屋檐上，滴答成韵。"

同月二十日："晨光恬美，气朗无云。地上霜枝如雪，白银般熠熠流转。树梢尖如银针，鸟儿在枝头啁啾。"

二月八日："梅花初放，月色渐美。"

三月十三日："夜十二时。斜月风声急，云起林又鸣。"

同月二十一日："夜十一时。听风声，时近时远。春已迫近，寒冬亦将敛迹。"

三

相传，昔日的武藏野本是一片萱草原，壮丽绝美，而今则林繁枝密了。或者不如说繁茂的林木，已是武藏野的特色。这里的林木多为楢类，一到冬季，树叶悉尽掉落，逢春来，新枝嫩芽，青翠欲滴。这般的变化，秩父岭以东十余里的旷野上，几乎比肩绽现。春夏秋冬，风雾霞月，时雨时雪，绿荫红叶，万般光景更迭，变幻之妙，西部或东北地区的人实难想象。从前，楢类落叶林之美，似乎并不为日本人所知。在日本的文学或美术作品中，我们见到的林木，一般多为松，也未曾在和歌里听过"楢林深处听秋雨"这样的描写。虽然出生在西部的我年少便来东京上学，至今已有十年，但对落叶林之美，也是近来才感悟到的，多是受到下面这段文字的影响：

秋天，九月半左右，我坐在白桦树林里。从清早就下起了一阵一阵的细雨，这期间又时时照射出温暖的阳光，这是变幻无常的天气。天空有时密布着轻柔的白云，有时几处地方突然刹那间呈现一片洁净，松散开的云后面露出蓝天，明朗可爱，好像一只美丽的眼睛。我坐着，向周围眺望、倾听。树叶在我头上轻轻地沙沙作响，仅由这种沙沙声，也可以知道现在是什么季节。那不是春天愉快、欢乐的颤抖，不是夏天柔和的私语声和绵长的絮语声，也不是晚秋羞怯、冷淡的喋喋声，而是一种不易听清楚的、令人昏昏欲睡的闲谈声。微风轻轻地吹拂着树梢。被雨淋湿的树林的内部，由于日照或云遮而不断地变化着：有时大放光明，仿佛其中的一切突然都微笑了起来，不太茂密的白桦树的细干上突然蒙上了白绸一般的柔光，落在地上的小树叶忽然发出斑斓、赤金般的光辉，高大繁茂的蕨类植物那优美的茎，已经染上烂熟葡萄似的秋色，参差掩映，没完没了地交互错综着展现在你眼前；有时四周一切忽然又都微微发青，鲜艳的色彩刹那间消失了，白桦树显出白色，不再有光彩，就像还没有被冬日的寒阳照临过的、新降的雪一样白；于是树林里悄悄地、狡狯地洒下细雨来，发出潇潇的声音。白桦树上的叶子虽然已经明显苍白了些，但几乎还是绿色的；只在某个地方，长着一棵孤零零的小白桦，全部是红色或金色的，你可以看到，当阳光突然迷离恍惚地穿过新近由晶莹的雨水冲洗过的稠密细枝照射进来的时候，这棵白桦树在其中是何等鲜艳夺目。[1]

这是二叶亭四迷所译，屠格涅夫的短篇小说《约会》的开头一段。我之所以能体味到落叶林的妙趣，多来自这篇叙景的绝妙手法。这里描述的是俄罗斯的白桦林，虽不同于武藏野的栎木，两者在植物学上看似毫无干系，可落叶林的绝妙却毫无二致。我常想，武藏野的林，如不是栎木，而是松或其他植物，便没有了那千姿百态的变幻，色彩单一，势必

---

[1] 本段译文参考［俄］屠格涅夫著，丰子恺译《猎人笔记》（北京，人民文学出版社，2019），第292—293页，略有改动。

平凡乏味，也就没有那么弥足珍贵了。

正因是楢木，才会叶黄，才有落叶。秋雨携风，萧萧飒飒。疾风掠过丘岗，千万片叶，在空中舞动，如群鸟般飞向远方。叶落尽，绵延数十里的林，忽而变得光秃了，于冬日的苍空高高垂下，武藏野坠入了一片沉寂。空气清寒，远方传来的声音，益发真切。十月二十六日我曾记道："午后赴林间小坐，四顾、倾听、凝视、默想。"而《约会》中也有这样的描述："我坐着，向周围眺望、倾听。"恰是这种侧耳倾听，才更有武藏野秋末冬初的韵味。秋天，声起于林；到了冬季，却自在林外回荡。

鸟儿振翅，婉转鸣啼。劲风吹过，呼啸狂鸣，草木沙沙作响。林木深处，草丛中，群集的昆虫聒噪叽喳。一辆空车驶下山坡，穿过原野，回音隆隆。马踏落叶，扑簌簌声四散飞溅。刚刚经过的，是骑兵演习中的侦察兵呢，还是一对乘车远行的外国夫妇？放任不拘的村民，高谈阔论间声音渐渐远去；形单影只的女人，行色匆匆地走过；远处一阵炮声轰鸣，近旁的林子，又冷不丁传来几声枪响。一次，我携犬进入林里，坐在树墩上看书，突然东西掉落之声从林子里传来。脚旁睡着的狗儿，竖起耳朵，紧盯着前方。也许是栗子吧，武藏野有不少栗子树。逢秋雨飒飒时，还有比这更幽静的么？山村秋雨，素来多在和歌里出现。飘过辽阔的原野，穿过树木，跨过田野，越过丛林，悠悠扬扬、低回婉转，那番幽静，让人怀恋，这恐怕就是武藏野之音吧！我曾在北海道森林深处恰遇秋雨。那里人迹罕至，雨声自是气势磅礴，却没有武藏野秋雨那样的韵味，没有那种令人缅怀的情趣，没有那些令人神往的低语。

仲秋到初冬，我曾去过中野、涩谷、世田谷，还有小金井一带的林子。只需小坐片刻，散步的疲劳顿消。听，那声音渐起渐落，忽近忽远。即便无风，头上的树叶落下时，也会发出轻微的声响。而一切静止时，你更会感到大自然的静谧和永不止息的生命。武藏野繁星点点的冬夜里，来势凶猛的朔风仿若要把星星吹落。那暴虐地穿过森林的声音，我曾在日记里屡次提起。风声，可以把人的思绪带去远方。听着这时近时远、强悍无比的风声，让人对远古武藏野的生活，充满了无限的怀想。

熊谷直好的和歌这样写过："听阶庭落叶萧萧，知寒凉东风瑟瑟。"

我对山居生活虽有所知，但对这首诗能有更深感悟，实在是得益于冬居武藏野的山村生活。

坐在林中，感受那春末夏初的日光是再美不过了，而这里，且不过多赘述，还是让我来讲讲叶黄的时节吧。漫步在黄绿参差的林中，看天空一碧如洗，阳光穿过树梢，微风吹拂下，叶片光影斑驳，美得让人窒息。日光、碓冰[1]，可谓是天下名胜了，但在武藏野，那广袤平原上的森林，在夕阳晕染下如火般的辉煌，却更让人叹为观止。如能登高远望，将之尽收眼底，自是再好不过；如若不成，在平原之上一览无余，见微知著，那无限的美景，亦尽可想象。遐想中，迎着夕阳，举步走在落叶之上，是何等的惬意。出了林子，便是原野。

<h2 style="text-align:center">四</h2>

十月二十五日的日记里写道"漫步于旷野，徘徊于林间"，十一月四日则写道"薄暮，独自迎风立于旷野"。这里，让我再次引用一段屠格涅夫的文字：

> 我站了一会，拾起那束矢车菊，走出林子，到了田野里。太阳低低地挂在淡白、明净的天空中，它的光线也似乎暗淡而冷却了，不再辉耀，而是流泛成平静如水的一片光明。黄昏过后不过半个钟头，但晚霞稀少得

---

[1] 日光、碓冰皆为地名，是日本颇负盛名的旅游胜地。

很。风一阵阵掠过收割过的、黄色而干燥的麦田，迅速地向我吹来；蜷曲的小叶子在风中急促地飞腾起来，从一旁疾驰而过，穿过道路，沿着树林边缘飞去；田野上那片状似一堵墙的小树林，全部颤抖着，发出细碎的闪光，清晰而不耀目；在橙红色的草木上、草茎上、麦秆上，到处都有无数蜘蛛网的丝线在闪烁、起伏着。我站定了……我觉得哀愁起来，透过凋零的大自然那虽然清新却不愉快的微笑，似乎有即将来临的、属于冬天的凄凉、恐怖偷偷逼近了。一只小心的老鸦，用双翅沉重而强烈地划破空气，高高地从我头上飞过，又转过头来向我斜看一眼，接着就向上飞升，断断续续地叫着，隐没在树林后面了；一大群鸽子敏捷地从打谷场飞起，成群结队地盘旋一转，纷纷散落在田野中——这是秋天的特征！有人驾着大车在光秃秃的小丘后面驶过，空车在地面上轧轧震响。[1]

虽说这里描写的是俄罗斯的原野，但武藏野的秋冬，大体也是如此。武藏野的山，绝不光秃，却有着如同洋流般的

---

[1] 本段译文参考［俄］屠格涅夫著，丰子恺译《猎人笔记》（北京，人民文学出版社，2019），第301—302页。

高低起伏。乍看像平原，实则是有低洼浅谷的高地。谷底多为水田，高地多为旱田。高地又把旱田与林子区分开，这些旱田就是我们看到的原野。至于林子，并没有延绵数里，恐怕连一里宽都不到吧。而那些放眼望去洋洋数里的旱田，别处也不曾有。旱田就在林子周边，一顷之田，三面围着林子，农户散居其间、相缀其中。换句话说，林子和原野交横相连，杂乱无章地分布着，才以为进了林子，却又到了原野，给武藏野赋予了一种特质。这里有别样的自然和生活，全然不同于北海道那种本色的自然，没有那种原始的森林和原野，但这恰是武藏野别具一格之处。

稻子成熟的季节，山谷里的水田金黄一片。收割过后，只见田里林影映池，旁边的萝卜也快要成熟了。待拔完了萝卜，随处可见这里一滩小水洼，那里一道小细流，此时，原野上的麦子又吐出了青嫩的新芽。而有些麦田还是荒芜的，芒穗、野菊随风摇曳。芦苇尽头的高地，好似与天际相接。走近前去一看，林子尽头，挨着国境线的秩父诸峰横亘在前，沿着地平线峰峦起伏。该去田野，还是躺在萱草原野之上呢？借着厚厚的枯草，躲避一下凛冽的北风，面南沐浴在温暖的阳光里，看一会儿狂风吹拂下田边光影斑驳的林木呢，还是就沿着小路一直走进林子？我总是这么优柔寡断。那会让我感到困惑吗？不会，这绝对难不倒我。武藏野的路虽说纵横交错，但无论怎么走，它都不负所望，这是我长久以来得到的经验。

五

曾有位朋友，从乡下写信来，其中有这么一段："前些日子的一个黄昏，我独自在长满萱草的原野上漫步沉思。这里十余条纵横交错的小路上，几百年来，有多少人走过，有多少仁人志士会感叹'朝露之清爽，晚霞亦晴明'呀！在这里，心有隔阂的人，避开彼此，界河鸿沟；相亲相恋的人，与子相悦，执子之手，并肩前行。"的确，走在原野上，确乎有这般诗意的想象，而武藏野的路则不同，想要相见的人，却没能偶遇；想要避开的人，拐过一个弯，却打了照面。正因为如此，这里凡是能称之为路的，都左弯右拐，穿过林子、越过原野，原以为如铁道般笔直的路，却迂回曲折，以为走在东边，绕来绕去，却又回到了东边。这些路，忽而掩映在林子里，忽而隐没在山谷中，忽而出现在原野上，忽而又被林木遮蔽了。这里完全不同于原野，想要远远地看到其他路人，实是不易。原野上的路自不必说，而武藏野的路则更有情调。

在武藏野散步，完全不必担心迷路。无论你信步走在哪条路上，都会有值得听见、看到的事物，所有的感受，都会让你满载而归。武藏野的美，唯有走过这千条纵横的路，才能体会。春夏秋冬、朝暮夕昼、风霜雨雾，在月下、在雪中，即便是秋雨绵绵，只要你走在路上，信步逍遥，左转右拐，就随处都有让你称心快意的事。这恐怕就是武藏野最大的特色吧，对此我深有感悟。在日本，除了武藏野，哪里还有这样的地方呢？北海道的原野自不必提，就连奈须野也没有吧，此外还有何处呢？林野交织，生活与自然浑然一体，哪里会有这般地方？之所以你会觉得武藏野的路与众不同，原因大概正在此处。

于是乎，如果你走在一条小路上，眼前突然出现了三条岔道，不必纠结，只需把手杖立起来，倒下的方向，就是指引给你的路。这条路或许把你带入一片林子，林中又分出两条路，你可以选条小路试试，说不定会来到一处神奇之地。也许那是林子深处的一座古墓，并排伫立着四五个覆满青苔的坟茔，前面有一小片空地，开满了苦菜花。要是头顶的枝干上还有小鸟在欢叫，那就是你莫大的福气了。接下来，你不妨试着折返，走左边的路，很快就会到林子尽头，忽而眼前豁然开朗，是一望无际的原野。脚旁的萱草迎风款摆，芒梢儿也在阳光下闪闪发光。萱草原的尽头是田地，田的那头是一片低矮繁密的丛林。从那片矮树上望过去，远远地可以看见杉树林。地平线上飘着淡淡的白云，白云下，依稀可见连绵的群山。十月的小阳春，阳光带着丝丝暖意，秋风吹过，悠然惬意。要是沿着萱草原走下去，刚才那番开阔的景色则全然隐没了，这是到了谷底。你会惊奇地发现，藏在萱草原和林子之间，还有一潭狭长的池水。池水清澄，分明地倒映出飘浮在天空的朵朵白云，水边还残存着几棵芦苇的枯枝败叶。沿着池边小径前行，很快又有一条分岔路，右边进林子，左边上缓坡。你应该往坡上走吧。在武藏野散步，人们总想登高远眺，因而往往会选择往高处走，可这个愿望实现起来并不容易。想要居高临下地眺望是不可能的，还是趁早打消这个念头吧。

万不得已，非要问路的话，田里有农夫。如若这个人四十岁上下，你尽可大声发问，他会惊奇地望向你，然后扯开嗓子回答；但如若是个少女，你就要走到近前，轻声询问了；要是个年轻人，你势必得摘下帽子谦虚地去请教，他则会大模大样地回答你。你完全不必介意，这是东京周边年轻人的臭毛病。

按他们的指点，走了没几步又会碰到两条岔路。即便对方指给你的是条羊肠小道，即便你再怎么疑惑，也硬着头皮走下去吧，眼前很可能会突然出现一户农家院。"这就奇怪了"，其实你大可不必惊慌。再问一下农家，他会冷淡地告诉你，"出门就是路"。出了院子一看，可不就是条似曾相识的路嘛，原来是条近路呀！你情不自禁地笑了，这时才明白，该感谢最初给你指路的人。

一条笔直的路，两旁延绵一片的林木上，叶子都已变黄。独自静静地走在这里，是何等的享受。右边的树梢在夕阳下熠熠发光，只闻得树叶掉落之声，万籁俱寂，有那么一丝孤单。前后不见人迹，一路上不会遇到任何人。假若在树叶掉光的时节，路被掩盖在落叶下，则每走一步，脚下都沙沙作响，抬眼可望穿林木，树梢如针尖般直指苍空。此时就更难遇到人了，愈发显得寂寥。脚下的落叶声清晰可辨，时而一只山鸠匆匆飞过，振翅声让人惊异不止。

要是沿着原路返回，那是再傻不过了，即便迷了路，也还是在武藏野啊。天色晚了也不用怕，回程只需大概定个方向，选条别的路，缓步慢行，那是再妙不过了。这样，不经意之间，也许你就会看到壮观的落日美景。太阳躲在富士山后，并没有完全落下，半山腰里，缭绕着金色的云海，不断幻化出各种形状。群山连绵，峰顶覆盖着白雪，只见它一路北去，最终隐没于彩云之间。

日薄西山，原野上狂风大作，林木哀鸣，寒凉刺骨，夜幕降临在武藏野。这时要加快脚步了，回看时，一轮新月不经意间已经挂上了枯枝，月色清冷。狂风强劲，吹过树梢，好似要把月亮吹落一般。突然，原野就在眼前了。你应该会想起这首名句吧：

山色已迟暮，

平芜近黄昏，

秋草依稀露白芒。[1]

六

那是三年前的夏天。我和一位友人离开市内的寓所，从三崎町站上车，在境站下了车，往北走了很长一段路，到了一处名为樱桥的地方。那里有一座小桥。过了桥，有间茶坊，茶坊的婆婆看到我们便问："这时候，来这里做什么？"

我和友人相视一笑，回道："我们来散步，随便转转。"婆婆笑了，一副不屑一顾的表情，对我们说："你们是不知道樱花在春天开吧。"于是我把夏天在郊外散步的乐趣，耐心地讲给婆婆听，可依旧无济于事。"东京人还真闲在呀"，

---

[1] 此为江户时代中期，日本俳句诗人与谢芜村的俳句。

婆婆一句话把我们噎了回去。我们一边擦汗，一边啃着婆婆给我们削好皮的甜瓜。茶坊旁有条尺来宽的小溪，我们洗了把脸，离开了那里。这条溪水，像是从小金井引过来的，水色清澄，淙淙流过青草间，欢畅奔腾。小鸟叽叽喳喳扇动着翅膀飞来，似要在溪里润润喉。可婆婆却对这般景象无动于衷，这朝夕相处的水，对她来说只是用来涮锅洗碗的。

出了茶坊，我们开始往小金井上游的堤坝走去。啊，那天的散步是多么惬意。不错，小金井到底是赏樱胜地呀。但这里的夏天，也是绚烂的。在堤坝上悠闲地走走，外人看来，或许有些傻，但我想他们是因为不会欣赏武藏野夏日的光，才会说出这种话。

天气闷热，云层翻涌。透过云层可以看到背后的蓝天。云和蓝天交接处，说不上是银色还是雪色，洁白透明，淡淡而平静地飘浮在那里，衬托得蓝天越发深邃。光这一点，还不足以道出这种夏天的感觉。你看那一抹混沌的颜色，彩霞般穿入云层，打破了云层的和谐，天空被搅得杂乱无章，瞬息万变，扑朔迷离。劈开云层的光，如蛟龙得水般，与阴翳的云团交织在一起，空中蕴育出一番无比恢弘的气势。林木、树梢，乃至枝叶的末端，都像要被光和热融化了一般，蔫头耷脑，萎靡不振。林子一端，仿佛被劈开，从那里，可以看到前方广袤的原野。原野上，热气蒸腾，飘渺虚幻，让人无法久视。

　　我们擦着汗，抬头望向天空，远眺树林深处，再看看与林木交界的天空，气喘吁吁地爬上了堤坝。受不了了吧？怎么会！我们身强体壮，精力充沛。三里长堤，几乎看不到一个人影。不知是从农家院落还是草堆后面，突然蹿出一只狗，奇怪地看着我们，打了个哈欠，跑开了。林子那边，一只雄鸡直立起身，煽动着翅膀高歌报时，啼叫声回荡在杉树林里、杂树林中、米仓边、草丛里，声音嘹亮异常。堤坝上，三一群俩一伙的土鸡，躲在樱花树下开心戏耍。望向远处笔直的河流尽头，眼前的水面如同撒了层银粉，慢慢消失在阴影里；但在离我们很近的地方，它又迅如箭矢般湍急流过，一片波光粼粼。我们站在桥上，把这条河的上下游做了番比较。随着光影变幻，水面也神奇地有了些微妙变化。突觉水面上一道阴影笼罩，只见云影流动，瞬间已来到我们头顶，稍作停留，又向一旁扩散开去。过了一会儿，水面又炫目般闪烁起来，两旁的林木，堤上的樱树，犹如雨后春草般，苍翠欲滴。桥下悠扬的流水声，是如此美妙，它既不是汹涌的惊涛拍岸声，也不是恬静的浅滩低语。滔滔水流在黏土筑起的堤坝里相互撞击、相互包容、互相推进。多么让人神往呀！

let us match

this water's pleasant tune

with some old border song, or catch

that suits a summer's noon[1]

　　念起首诗，倒不禁真想看看，是否有一位七十二岁的老翁，正和少年坐在樱花树下。住在河岸两旁的农户，活得多么自在逍遥。当然，在堤岸上拄着手杖、戴着草帽散步的我们，也无比幸福。

<h2 style="text-align:center">七</h2>

　　和我一起在小金井散步的友人，现在已到地方做判官[2]了，读了我的上述文字后，写来这样一封信。方便起见，引用如下：

---

[1]　引自英国湖畔诗人威廉·华兹华斯（William Wordsworth, 1770—1850）的诗歌《喷泉》（*The Fountain*）。大意为：让我们用一首边塞民谣，来和一下这悠扬的水声。这古老的旋律，才正是夏日午后的时光。

[2]　判官，日本明治时代初期的官职名，隶属为开拓北方而设置的开拓使官厅。

"武藏野并非俗称关八州[1]的原野，也并非'道灌遇雨时得赠棣棠花代之以伞'[2]的那种有历史意义的原野。我对武藏野有独特的界定标准，就像国境、村界要用山河、古迹或是其他什么来划定一样，对此我有自己的看法，且让我一一阐释，以作梳理。

"我所认知的武藏野，自然要包括东京，可东京又不能算进去。之所以这么说，你看，这里有农商务省巍峨耸立的大楼，有裁判铁管事件[3]的法院，从此已很难想象昔日江户城中鳞次栉比的街巷风貌。最近我结识了一位德国妇人，她把东京形容为'新都市'，尽管这里曾为德川时代的江户，但这个评语，也不可谓一种恰当的说法。正因如此，东京必得从武藏野范围里剔除。

"而城市的边缘，也就是市郊，倒是绝不可去掉的。在我看来，要想描绘出武藏野的诗情画意，市郊是不可缺的。比

---

[1] 关八州为江户时代对关东八国的总称，分别为相模、武藏、安房、上总、下总、常陆、上野、下野。

[2] 道灌为室町时代后期的武将，其"山吹之里"的典故广为流传。相传道灌在某次鹰猎时遇雨，向农家女借蓑衣，农家女以棣棠花（亦为山吹花）授之，意为家中无蓑衣。"山吹之里"多指越生一带，另有说法为东京都丰岛区的高田、荒川区的町屋、神奈川县横滨的六浦。此典故也表达出道灌广受民间爱戴。

[3] 铁管事件指明治二十八年（1895年）因采购水道的铁制管道而发生的政府议员纳贿事件。

如说，你住处附近涩谷的道玄坂、目黑的行人坂，还有你我常去散步的早稻田鬼子母神附近，另有如新宿、白金……

"再有，要想领略武藏野的味道，就不能从原野仅仅眺望富士山、秩父山脉、国府台这些地方，必须得看一下被围在中央的首府东京，那么三五里外的平原，就有必要做一番描述了。你文中提到'生活与自然浑然一体'，还写了很多有意思的偶遇，的确不错。我也有过类似的经历：我曾带舍弟去多摩川郊游，走了一二里后，再前行不到半里地，就出现了人烟，如此反复，一会儿遇到人或动物，一会儿又只见草木，正是有了这些插曲不时点缀，才让我们感到人生的趣味无穷。要想写出这种趣味，就要描写散布在武藏野周边的一个个小驿站，那些不足以称之为驿站的，也要写出旁边一排排的房屋，就是测绘术语所说的'连檐屋'。

"而多摩川，无论如何是要算进武藏野的。祖先把它作为六玉川[1]之一，为它起了名，哪里还有比武藏的多摩川更美的地方呢？它穿过平坦的田野，绕过低矮的树林，就像把首府和郊外串联起来一样，琢磨之下，饶有兴味，意趣无穷。

"我们再来看看东面的那片地方吧。这里地势广阔，水田

---

[1]　六玉川为古代和歌中咏颂过的名胜。分别为奥陆的野田玉川、武藏的调布玉川、近江的野路玉川、山城的井手玉川、摄津的三岛玉川、纪伊的高野玉川。调布玉川现为多摩川，在《万叶集》中有诗歌咏颂过。

多，而低于地平线，本不该算在里面，但它终究还在武藏野范围内。从龟井户的金丝堀到木下川一带，水田、林木、茅屋相映成趣，足以说明这里是武藏野的一部分。富士山也能证明这一点，只有在这里看到的富士山，才像从逗子[1]、镫摺[2]看过去的一样，显得异常高耸挺拔。筑波山同样可以证明，只有从这里眺望过去，才能感觉它是那么低远，这正是关八州一隅——武藏野的气息。

"而东京的南北两边，属于武藏野的领域算起来却极少，甚至可以说没有。这与地势有关，况且有铁路从这里穿过。也就是说，通过这条线，'东京'将武藏野和其他地区直接贯通了。当然，这只是在下的一点愚见。

"我给武藏野划了个大概范围：把杂司谷作为起点划出一条线，它通过板桥的中仙道西侧，直达川越附近，再把你文中提到的入间郡也囊括进来，最后绕到甲武线的立川站为止。这区域内的所泽、田无等各个驿站，想想是不是很有意思呢……尤其到了夏天，周遭一片葱茏时，以多摩川为界，从立川一路下来到上丸附近，当然八王子是不能算进武藏野

---

[1]　逗子位于神奈川县南部，市内的大崎公园和披露山公园为眺望富士绝景的胜地。

[2]　镫摺位于神奈川县三浦郡叶山町，与逗子市南部接壤。从镫摺港可以眺望钻石般的富士绝景。

的，再从丸子回到下目黑。此范围内的布田、登户、二子等地又是别有趣味吧。上面讲的是西半边。

"东半边从龟井户周边算起，经过小松川，再从木下川绕过堀切，直到千住附近。如对这个范围有异议，去掉也无妨。但这种趣味，与武藏野并无冲突，前文已予陈述……"

八

对上文所述，我毫无异议。尤其对于以东京近郊为题写篇文字的提议，我颇为赞同，也早有此意。把近郊划作"武藏野"的一部分，看似匪夷所思，其实不然，正如描绘海浪轻抚沙滩的场景就是描写大海一样。但我仍想放在后面说，还是接着小金井的散步，先来讲一下武藏野的河流吧。

第一是多摩川，第二是隅田川。这两条河流，自然十分有详述的必要，但还是留在以后吧，先整理一下流过武藏野的河流。

我们先拿流过小金井的这条河来说一说。河从东京近郊，穿过千驮谷、代代木、角筈诸村，经过新宿，注入四谷上水；另有一支从井头池、善福池流出，注入神田上水；流经目黑一带的，汇入了品海；流经涩谷的，从金杉流出。此外更有很多不知名的细流小渠。换在别处，这或许没有什么值得称奇之处，而在武藏野则不同，它们不论平地高岗，穿林越野，忽隐忽现，蜿蜒曲折（小金井除外），一年四季，带给我们不同的惊喜。我生于山地，看惯了水色清明、波浪滔滔的大河。初看到武藏野的河流，除多摩川外悉尽浑浊，多少有些令人不快，但久而久之，却觉这略带浑浊的水流，倒与平原景色相映成趣。

　　四五年前的夏天，我与先前那位友人相约于近郊夜下漫步。晚上八点，我们经过神田水道上游的一座桥。风清月明，林木间仿若披了一层白纱，是何等美妙的良宵呀。桥上倚栏聚着四五个村民，时而欢歌，时而说笑，年轻人中还有一位老翁，与他们一同欢歌笑语。皎洁的月光下，这幅景象仿佛笼罩在朦胧的光晕中，田园诗一般美好。我们也步入画中，凭栏赏月。缓缓流淌的水面上，月影倒映。飞虫点水，波纹涟漪，一时月影上漾起了一层细小的褶皱。涓涓细流，九曲羊肠般在林中时隐时现。树梢遮映下的月光，洒在暗淡的河面上，银光点点。水面四五尺地方，水汽蒸腾，缕缕不绝。

　　萝卜收获的季节，如去郊野散步，随处可见潺潺溪水旁，农夫清洗着萝卜上的泥土。

九

这里不说道玄坂，也不谈白金，就说东京街区的尽头——甲州街道、青梅道、中原道，抑或是世田谷街道。这些地方穿插于郊野的林地田圃，难以分出是街道还是驿站。那是生活与自然融合后，描绘出的一番独特光景，常令我诗兴大发。这种感觉，妙不可言。这种地方何以能让人有感而发呢？简而言之，这样的郊野，是人与社会的缩影。换句话说，多少令城里和乡里人兴致大发的故事，即便芝麻大小，或是让人哀愁，或是让人捧腹，总有那么三两桩，遮蔽于那一间间屋檐下。其独特之处在于，都市生活的遗痕与乡野生活的余波在此交融，休戚与共。

看，那边趴着一条独眼狗，但凡有谁认识它，那片区域就属于郊野。

再看，那边有间小饭馆，纸门上映出一个女人的身影，她似是在喊叫，不知是哭是笑。夜色苍茫，空气中弥漫着不知是炊火还是泥土的气息。门前驶过两三辆大车，滚滚车轮声此起彼伏。

再看那边，铁匠铺前立着两匹驮马，阴影下两三个男人在低低私语。铁墩上放着烧红的马掌，火花冲破暮色，蹿到了人来人往的街面上。正在说话的人，不知因何笑了起来。

月亮爬上了橡树梢，在排排屋后升起，照在对面那片屋顶上，一片银白。

煤油灯冒着黑烟，屋内人头攒动，十来个村民和城里人你拥我挤地叫嚷着，随地堆满各式蔬菜。这是一间小小的菜市场，一个小卖场。

在这里，有的人日头一落山就上床，有些店家到了夜里两点还灯火通明。理发店后面就是住家，哞哞的牛叫声，站在街上就可以听到。卖纳豆的老爷子就住在居酒屋的隔壁，每天一大早就赶往城里，扯着沙哑的嗓子叫卖着"纳豆——纳豆——"。夏日夜短时，不一会儿天就亮了，货车一辆辆驶过，咕噜咕噜声不绝于耳。九十点钟光景，街边的高树上蝉鸣声声，天气热了起来。马蹄、车辙扬起的尘埃，漫天飞舞，成群的苍蝇飞过街巷，穿家过户，围绕着马匹上下翻飞。

不久，便听到"当当"的钟声敲响了十二下，城市那边传来了震耳欲聋的汽笛声。

初刊于《国民之友》

明治三十一年（1898年）

难忘的人

忘れえぬ人々

过了多摩川的二子桥，往前走不远，就是沟口驿站。驿站中央有间名为龟屋的小客栈。三月初的某日，阴云密布，北风呼啸，本就萧瑟的街道，更添一层阴霾，显得愈发凄凉。昨天的雪尚未融尽，一排排茅屋高矮不一，南侧房檐下挂着一串串水滴，在寒风中簌簌飘落。草鞋踩出的脚印里，蓄着的一汪泥水，也泛着瑟瑟的涟漪。日头刚一落山，许多店家已关上铺面打了烊。昏暗的街巷里悄无声息。只有小客栈龟屋的门口还点着灯，可今晚的客人，看来也是寥寥无几，屋里静悄悄的，不时传来两声烟袋锅子磕打火盆的声音。

冷不丁地，门给拉开了，一个男人慢吞吞地走了进来。掌柜的靠着长火盆，正专注地暗自盘算着什么，被来人吓了一跳。来不及回头，客人已经大步流星地跨过宽敞的土间，到了眼前。这人年纪大概三十还差着两三岁，身穿西服，打着绑腿，脚下一双草鞋，戴着顶鸭舌帽，一身旅行装扮，右手拿着一柄洋伞，左腋下夹着一个小皮包。

"可否在此叨扰一晚？"

掌柜的打量着来客，还不及回答，里面就传来了拍手声。

"六号喊人呢。"掌柜的大声吆喝着。

然后依旧靠在火盆边，问道："您是……？"

来客耸了耸肩，脸色稍显不快，但嘴角马上又扬起了微笑："我嘛，我是东京的。"

"您这是要去哪儿呢？"

"八王子。"来客说着，在一旁坐下，解起了绑腿。

"客官，从东京去八王子，这路可走得不对呀。"

掌柜的满腹怀疑，盯着来客，一副欲言又止的模样。来客警觉起来。

"哦，我虽是东京的，但今天并不是从东京来，而是从川崎过来的，出来时就晚了，到现在天也黑了。先给来点儿热水。"

"还不赶紧拿热水来！呃，今天可够冷的，八王子还不得更冷啊。"

掌柜的话很客气，可态度却没那么和蔼。他看起来年纪大概六十来岁，肥胖的身上穿了件厚厚的棉短褂，肩上驮着一个肥大的脑袋，宽宽的脸庞，眼角往下耷拉着。说不上是哪儿，给人感觉有些不好对付。而来客反倒觉得，这老爷子看上去人还算正直。

来客洗完了脚，还未待擦干，掌柜的又吼开了："带客人去七号房间。"

就这么地，半句多余的客套话也没说，连个目送都没有就完事儿了。从厨房转出来一只黑猫，轻快地跳到主人腿上，蜷成了一团。掌柜的闭着眼，一动不动，不清楚他知不知道黑猫上来了。过了一会儿，他右手伸向烟盒，胖胖的手指捏了一团烟丝。

"六号洗完了，就去请七号客人洗澡，听见了吗？"

膝上的猫受了一惊，跳下地，跑开了。

"畜生，没说你呀！"

黑猫惊慌失措地奔向厨房。落地钟悠悠地敲响了八下。

"他奶奶，吉藏是不是困了，赶紧把脚炉放好，让他睡吧，怪可怜的。"

掌柜的声音听上去倒更带着些倦意。

厨房传来老婆婆的声音："吉藏在这儿看书呢。"

"是吗。吉藏，该睡了，明天早点儿起再看。他奶奶，赶紧把脚炉给他准备好。"

"现在马上放。"

厨房里，女佣和老婆婆相视一笑。店堂里传来一声大大的哈欠声。

"我看倒是他自己困了吧。"小老太婆一边嘀咕着，一边往黑黢黢的脚炉里加着炭，她看上去五十五六岁的年纪。

店里的窗子被风吹得哗啦作响，隐隐可以听到滴答滴答的雨声。

"关店吧，"掌柜的又吼了起来，咂吧着嘴，自言自语地嘟囔着："又下起来了。"

果不其然，风越刮越猛，看来，雨是下起来了。

虽说已是早春，但依旧雨雪交加。凛冽的寒风，终日席卷辽阔的武藏野，在沟口黑暗的街道上狂虐咆哮着。

十二点已过，可七号房间依旧灯火通明。龟屋里还没睡的，恐怕就只有这屋里对坐闲谈的两位客人了。屋外风狂雨横，吹得窗板嘎啦啦作响。

其中一人看着对方说："照这样下去，明天恐怕是走不成了。"说话的是六号房间的客人。

"没关系，又没什么要紧的事情，明天在这里休息一天也不错。"

二人的脸都红扑扑的，鼻尖冒着油光。一旁的饭桌上摆着三个酒瓶，杯子里的酒还没喝干。二人看上去心情极是舒畅，盘腿坐在火盆边，抽着烟。六号客人把袍袖挽到了肩膀，露出了白花花的胳膊，他弹了下烟灰，又继续吸着。从两人的交谈中，感觉他们像是今晚刚在客栈里遇到，不知什么起因，隔着纸门聊了两句，觉得倒是可以互相解闷，六号客人便不请自来，互换了名片，又要了壶酒。越聊越起劲，不知不觉言谈中也就短了分寸，忘记了客套。

七号客人名片上印着大津弁二郎，没有头衔。六号客人的名片上是秋山松之助，同样也没有头衔。

大津就是天擦黑时来住店的西服男。身型瘦削，高挑、白皙，和秋山完全不同。秋山年纪在二十五六岁上下，长得圆圆胖胖，红光满面，眼睛很和善，总是一副笑吟吟的模样。大津是无名文学家，秋山是无名画家，两个同类青年，竟在这乡下小客栈不期而遇了。

"睡了吧，闲话也扯得够多了。"

从艺术到文学，进而宗教，两人海阔天空，聊了个遍。把当今文学、艺术界的泰斗都做了一番批判，竟然没注意到已经过了十一点。

"时间还早，反正明天也走不了，不如聊个通宵吧。"画家秋山笑嘻嘻地说。

"可现在都几点了？"大津拿起一旁的手表看了看。

"呵，已经十一点多了。反正可以通宵嘛，"秋山满不在乎地看着酒杯，"要是你困了，那咱们就到这儿。"

"困倒是一点儿都没有，只是担心你累了。我今天从川崎出来得晚，也就走了三里半路，完全不觉得什么。"

"我是一点儿问题都没有。如果你想睡了，我就把这本借去看看。"

秋山拿起桌上十来张手稿。封面写着"难忘的人"。

"这绝对不行。就像你们那行的规矩一样,铅笔画的速写,别人是看不懂的。"

嘴上这么说,大津却并未从秋山手里拿回稿纸。秋山随手翻开一两页,跳着看了几句说:

"速写也有速写的味道,还是借我拜读一下吧。"

"那你先给我。"大津从秋山手里拿回手稿,跳着行翻看着,两人各自无言。屋外的风雨声听得愈发真切。大津侧耳倾听着,双眼却紧盯着自己的手稿,如入梦境。

"这样的夜晚是属于你的。"

大津好似没有听到秋山的声音,并没搭腔。是在听风雨声,看手稿,还是忆起了百里外的那个人,秋山看着大津,望着眼前这张脸,这副眼神,他明白:这才是我的领域呢。

"比起你自己读,还是我来给你讲更好。怎么样,想听听吗?这个手稿只是个大纲,你看了也不懂。"大津好似如梦方醒,目光转向秋山。

"要是能详细地讲给我听,自然是再好不过。"秋山看向大津,只见他泪眼盈盈,闪烁出异样的光。

"我尽量讲得细致些,要是觉得没意思,不用多虑,尽管打断我。那我也就不客气了。说来也怪,我倒还真想给你讲讲呢,有意思。"

秋山往火盆里添了些炭，把已经凉了的酒瓶放进铁壶里。

"难忘的人，并非是难以忘怀的人。这是我手稿开篇的第一句。"

大津把手稿推到秋山跟前说："所以我必须得先解释清楚这一句，主题才能更明确。不过我想你应该明白吧。"

"别磨蹭啦，快点儿讲吧。你就把我当成一个普通读者来讲。抱歉，我躺下来听。"

秋山叼着烟，躺了下来。右手撑着头，眼含笑意，看着大津。

"父母子女，朋友知己，以及帮助过自己的老师、学长，都不仅仅是难以忘记的人，而是不该忘记的人。这里非说不可的，却是那些让人难以忘怀的人，他们与我们既无恩爱之意，也无情理之枢，只是一个完完全全的陌路人。本来即便忘了，于情于理也无足挂齿，可我们总是无法忘记他们。我不敢打包票，任谁都有过这样几个人，但起码我有。恐怕你也有吧？"

秋山默默地点了点头。

"我十九岁那年，记得当时已过了春分，因为身体有些不适，从东京退了学，打算回老家调养一下，要讲的正是归途中发生的事情。我照例又从大阪坐上濑户内海的汽船，行驶在春日风平浪静的海上。想想好像已经是很久以前的事情了。当时船上有怎样的乘客，船长是什么样的人，端茶倒水的茶童长什么样，怎么也记不得了。也许还有谁给我斟过茶，甲板上还和谁搭过话，可我一概想不起来。

"只记得那时因身体欠佳，惨然不乐，情绪很是消沉，时常在甲板上走走，畅想一番未来，思考着人世间的一些琐事。自然这是年轻人的天性，也不足为怪。春日悠然的阳光，浸在平静的海面上，晶晶亮，没有一丝波澜，船头发出惬意的破浪声，乘风前行。看着摇曳的彩霞，划过一座又一座小岛，我只是在那里左顾右盼，环顾着岛上风光。油菜花和青翠的麦田，锦缎般铺展在小岛上，仿佛隐匿在霞光深处。不多久，从船的右舷就望见了一座小岛，离海岸不到一公里，我依旧无动于衷，凭栏眺望着。只见山脚下尽是一些低矮的松林，放眼望去，不见任何耕地与田舍。海滩平静而寂寥，退潮的余波，在落日辉映下，冲刷出闪亮的光芒，细波轻拂，拖曳出一道长长的海浪，白刃般闪耀着，忽隐忽现。山顶上的云端里，略微传来云雀的啼叫声，想见这里并非无人岛。家父曾做过这样的俳句，'天上无鸟飞，四处无人烟'。我想，山那边一定是有人家的。正自望着光闪闪的退潮浪花时，看到了一个人的身影。那是一个男人，并非孩子。他频频弯腰拾着东西，然后扔进竹篓或是桶里。每走两三步，又俯身捡起什么。我凝望着这荒凉的小岛，看着那个沿着海岸捡拾东西的人。船在前行，人影慢慢汇聚成黑点，沙滩、山峦、岛屿渐渐隐入彩霞里。迄今为止已经十年过去了，不知多少次我回忆起这座岛，都能想起那个不相识的人。这就是我'难忘的人'其中之一。

"另一个，是五年前正月里的事。元旦刚给父母拜了年，我就出发去旅行，那次是纵跨九州的旅行，从熊本到大分。

"一大早，我和弟弟打好绑腿，穿好草鞋，容光焕发地从熊本出发，登上了旅途。那天日头还没落，我们就到了立野驿站，打算当晚就在那里歇脚。次日一早，天还没亮，我们就从立野出发，只为了却夙愿，看一看阿苏山[1]的袅袅白烟。我们傲视霜寒，飞渡栈桥，却因走错了路，中午时分才到山顶附近。到达火山口时，已经过了一点。熊本这地方本就温暖，加之又是个没风的晴好天气，尽管是冬季，可在六千尺高的山上，依旧没有感觉太过寒冷。这里除了高岳顶峰喷火口吐出的水汽凝结成白色雾霭外，一整座山不见雪迹，唯见皑皑枯草，迎风飒飒而鸣。火山屑或红或黑，旧喷火口的遗痕遍布四野，形成火山口的断层绝壁，满目沧桑。那光景，

[1] 阿苏山是位于九州熊本县东北部阿苏地区的火山，略呈椭圆形。在大火山口内有十余个喷火口（故又称复式火山），并形成中央火口丘群，高岳、中岳、根子岳、乌帽子岳、杵岛岳，统称为阿苏五岳。最高点高岳海拔1592米。破火山口东西宽18千米，南北长约25千米，面积约380平方千米。

非一般笔墨可书，能够加之描绘的，非你莫属了。

"我们一度登到火山口边缘，窥视了一下深不可测的坳陷，极目远眺着绝美壮观之景。可毕竟是在山顶，有刺骨不堪的寒风，两人便往下走。不多远就是阿苏神社，旁边有间小屋，想来总可以讨杯粗茶吧。我们逃也似的跑到那里，吃了个饭团，攒足精神，重又登顶，回到了火山口。

"此时，太阳已近落山，笼罩在肥厚平原上的雾霭，殷红一片，与眼前绝壁的颜色如出一辙。锥状的火山口立拔群山之巅，九重岭[1]的缓坡在高原上延绵数里，遍地枯草沐浴在夕阳下。空气清澄，好似可以望见远处移动的人马。天阔地广，脚下火山口阵阵轰鸣，迷蒙的白烟蒸腾而上，直冲云霄，忽又折返，掠过高岳，消散在天际。是宏伟，是绮丽，还是凄美，无以言表，我们石像般静立无语。此时唯感天地之浩瀚，人活于世之玄妙。心中所叹，自是情理之中的事了。

"然而，更让我们为之感叹的，是九重岭与阿苏山之间的大片洼地。据说此处为世界上最大的喷火口遗址。果然不错，只见九重岭高原急转直下，挤压坳陷，延绵数里的绝壁，围绕在洼地西侧。男体山山麓的喷火口，已变为明媚幽

---

[1] 九重岭为大分县玖珠郡九重町与竹田市久住町境内群山的总称。最高峰中岳亦为九州本土最高峰，海拔1791米。一般对火山群及周边地域泛指时，统称为九重连山。

邃的中禅寺湖，而这里的大喷火口，不知何时已变为万亩良田，看那村落、树林和麦田，此时已辉映在落日的夕阳下。那一夜，我们歇脚的宫地驿站，也是在这片洼地上，我们舒展开疲劳的双腿，美美地做了一场梦。

"我们也曾想过，不如在山上小屋住一宿，看看喷火口的夜景，可还要赶路，到底还是决定下山到宫地去。下山的路，比上山要平缓很多，山脊谷地间，蜿蜒在枯草里的小路，如蛇形般曲折。我们一路急行，临近村子时，超过了几匹背负干草的驮马。极目远眺，盘桓于山脊的无数条小路上，不知有多少人马，慢悠悠地走在回家路上。夕阳下传来阵阵慵懒的马铃声，马背上都驮负着干草。即便山脚就在眼前，想要进村也没那么容易，日头更低了，我们越发着急，最后干脆跑了起来。

"进村时已日暮黄昏。傍晚的村庄，热闹非凡，那些壮年男女，正忙碌着结束一天的活计，孩子们或聚在昏暗的篱笆下，或围在看得见的灶火旁，有的啼哭，有的说笑嬉闹。这场景，虽说哪里的乡村都是一样，可我们刚从荒凉的阿苏草原下来，突然置身于这样的世界，再没有比这光景更具冲击的了。深知日暮路遥，我们只能依依不舍地离开，拖着疲惫的脚步，赶往今晚的目的地——宫地。

"离开村子，在林间地头没走多远，天彻底黑了，地上清楚地映出二人的身影。回首仰望，西边天际悬着一轮新月，笼罩在阿苏旁系的一峰右侧，凛凛如水般泛着青芒的光，傲然地俯瞰着这片洼地。我们回过神来，仰望苍穹，只见白日里洁白如柱的喷烟，受月色晕染，呈灰色状，冲入碧琉璃般纯净的夜空，如此的雄壮，如此的绮丽。正巧路过一架不长却很宽的桥，我们便倚杆而立，缓解一下双脚的疲劳，眺望瞬息万变的喷烟，无心地听着从远处村落中传来的人语。从我们来的路上，驶来一驾空车，声音穿过密林，回荡于虚空，离我们越来越近，近在咫尺。

"过了一会儿，传来车夫朗朗而清澈的歌声，伴着空车声渐渐迫近。我依旧眺望着喷烟，似等未等地侧耳倾听着。

"待看到人影时，只听他唱着'宫地是个好地方啊，就在阿苏山的脚下'，等他来到我们站着的桥头时，正拖着那句长长的尾音，那调子里的涵义，还有那悲壮的歌声，深深震撼了我。他二十四五岁，孔武有力，手牵缰绳，目不斜视地从我们面前经过，我却呆呆地注视着他。他背着月光，看不清侧脸，但那魁梧的身躯，虽然只是一个黑黢黢的轮廓，我却至今记忆犹新。

"我目送着年轻男子的背影，再次望向阿苏山的喷烟。这年轻男子，也是我'难忘的人'之一。

"下一次，是我在四国三津滨住了一宿后，等待汽船时的事情。记得是初夏时节，我一清早就出了旅馆，可听说汽船要过中午才来，于是就在港口的海滨和街道上随便溜达。这里背靠松山，港口尤为繁华，尤其这里早上有鱼市，到处人头攒动，热闹异常。这天碧空万里，明媚的朝日灿烂生辉，让发光物更加明亮，给颜色更添了光彩，市场里越发显得跌宕喧腾。这边是大呼小叫，那边是嬉笑怒骂，欢声笑语此起彼伏，有买的、有卖的，男女老少，各自都在忙碌着，如此带劲儿，如此开心，四处都是你追我赶的人。一间间露天摊位比肩而立，等着顾客的光临，在这里只能站着吃。卖东西的自不必提，吃客大概也都是船家渔夫一类的人。到处堆放着加吉鱼、比目鱼、海鳗和章鱼，腥臭扑面，路人无不扇动袖袍或衣摆，掩鼻而去。

"我仅是一介游客，既无朋友，也无熟人，与这片土地并无亲缘。可眼前这片光景，给了我一种异样的感觉，世间的一切，仿佛看得更清楚了。我忘情地走在这喧闹中，不知不觉来到了街道尽头，一处僻静所在。

"耳边突然响起了琵琶声。只见店门口站着一个弹琵琶的和尚。看年纪，他大概四十五六，宽宽的国字脸，个子不高，胖胖的。他的脸色和眼神中，透出一种悲戚，恰与琵琶声相和，在呜咽的琴弦伴奏下，他的歌声显得如此低沉、沙哑而又浑浊。街上没人去看琵琶僧的脸，家家户户也不见有人倾听他的琵琶音。朝日熠熠，尘世匆匆。

"可我却注视着琵琶僧，倾听着他的琵琶音。这条街巷，屋檐狭窄，参差不齐。而如此喧闹的街巷，本与这琵琶僧以及他的弦音极不协调，但一切却又像是注定好了一般。呜咽的琴音飘荡在小巷里，混杂在生气勃勃的叫卖声和喧腾的铁砧声中，仿若一道清泉注入浊流，听后似乎能感到人们脸上的喜悦、欣慰和忙碌，那像是发自他们内心，而被弹奏出的旋律。这也是我'难忘的人'之一，这个琵琶僧。"

说到此处，大津静静地放下手稿，陷入沉思。窗外的风雨声毫无减弱。秋山重又直起身问："之后呢？"

"到此为止吧，太晚了。要说下去的话，那就太多了。北海道歌志内的矿工，大连湾的青年渔夫，番匠川那长了瘤子的船夫等，要是我把手稿上的故事一一道出的话，大概天都亮了。总之，为什么我对他们难以忘怀呢？那是因为他们勾起了我的回忆。为什么我会回忆起这些呢？这点我要跟你解释一下。

"归根结底，是因为我一直无法参透人生，而那远大的志向又重压着我，令我无比苦闷，我自觉是个不幸的人。

"像今夜这般，夜深人静，孤灯独伴时，想及此生的孤寂，心中的哀愁无以自遣。此时，我的自私便悄然而逝，开始怀念起了一切。忆起了种种往事，还有我的那些朋友。脑中油然涌现的，也正是上面提到的这些人。其实也不尽然，我看到的，其实是置身于当时那种环境中的他们。我与他们有何不同，大家天地一方，各自在自己的人生长河里探究，终究还不是又相携着，回归到无穷的大地嘛。种种思绪从心底涌起，不由得让人泪流满面。此时令我怀念的，既非我也非他，而是所有的人。

"我的心，再没有比此时更平静、更自由的了，争名逐利的俗念一切俱消，心中的关切同情，再没有比此时更深切的了。

"无论如何，我都想以此为题，写下我所想到的一切。我相信，天底下一定有和我一样，抱有同感的人。"

此后又过了两年。

大津因事留宿在东北某地，与在沟口客栈认识的秋山，也完全没了联系。此时恰是大津在沟口住宿的同一时节，也是一个雨夜。他独坐桌前，耽于冥想。桌上放着两年前展示给秋山的手稿，"难忘的人"，最后加上的一笔是"龟山的掌柜"。

而非"秋山"。

初刊于《国民之友》

明治三十一年（1898年）

两个少女

上

初夏，月华如水，洒满街巷，此时已是夜晚十点左右。芝区金刀比罗神社后面的护城河畔，一个看上去刚满十八岁的少女，低着头，心事重重地从赤坂方向走来。脚下的木屐带子显然已经松了，鞋子拖在地上发出"咔啦咔啦"的声响。

穿过昏暗狭窄的小巷，绕过拦车路障，出去便是金刀比罗神社二道门前的街道。这条街宽不过四米，冷冷清清，要不是一幢二层楼的屋檐上挂着一盏"产婆"的煤油灯，在暗无星月的夜晚，便是伸手不见五指的。除了逢到每月十日、二十日的庙会时，多少会有人从二道门进出外，实际上，放在平日里，若非有事，这地方是鲜有人来的。

少女走出小巷，四顾左右，只见月亮高悬，把整条街照了个通明，周围一片寂静无声，实是让人怀疑这条街上是否还有人家。待走到"产婆"的煤油灯前，隐约可闻二楼婴儿的啼哭声。少女抬头看上去，目光却停留在隔壁那幢房子的楼上。

隔壁房子，说是二楼，其实屋檐极低。上下屋檐之间，夹着一扇狭窄局促的小窗，屋檐压抑地遮在外面，阴沉的影子，憋闷地映在窗格上。

少女来到这个二层楼前，停下脚步站了一会儿，抬头冲着窗户压低声音喊了一声"江藤姐"。窗户略微开着，煤烟熏黄的窗纸上，映出淡淡的红光。

见没有回应，少女又轻轻喊了一声："江藤姐！"

窗户蓦地推开了，探出了一个年轻的身影："谁呀？"

"是我。"

"哎呀，是田川啊。"

"有点事儿来找你，睡了吗？"

"哦，是吗，那赶紧上来。不是还没到十点吗。"

"这么晚过来，不好意思打扰了。"少女略显扭捏。

二楼女子的身影不见了，很快，楼下传来"嘎啦嘎啦"的开门声。接着，已经歪斜的门板打开了。

"哎哟，月亮这么好。田川，请快上来。"说话的女子，年纪在十九岁，看上去显得比较成熟，身姿窈窕，面色端庄，头发高高挽起，穿着一件洗得褪了色的浴衣。

"是平冈先生托我来的。就在这里说吧，时候已经不早了，上去的话，不知道又要聊到几点……"做客的少女笑着说。她没有看对方的脸，只是抬头望着月亮。那双眸子，配在圆圆的脸上，显得尤为匀称。她身材娇小，看上去斯斯文文，极招人喜欢。

"你要说的事，我大概能猜到。不过说来话长，还是上来坐一会儿吧。"

"是吗。要是一下班过来就好了，赶巧家里有点事儿……"

说着，两人一起进了屋。

一进门，就是一间木屐修理作坊，旁边紧挨着一段狭窄的楼梯，作坊和里间用纸门隔开了。一扇纸门半开，屋里昏暗无光，漆黑一团。

"这么晚过来，打扰了。"来访的少女向里屋轻声打着招呼。

"别客气。"嘶哑的声音从里面传来，接着是一阵咳嗽声，之后又响起了烟袋在火盆边上重重的敲打声。

"看这屋里乱得，连个坐的地方都没有。"主人说着，便吱吱嘎嘎踩着陡峭楼梯，率先爬了上去。

"请坐在这里吧。"说着，她随手收拾了一下身边杂物。

"正忙着赶一个活儿……阿源，睡过去一点。"

"没关系，就别让他动了。阿源，接着睡吧。"做客的少女看着床上九岁的少年，和蔼的脸上满是笑容，边说边坐了下来。

"姐姐，给我块冰。"少年微微抬起头，略带哭腔地央求着。

"这么个吃法，能行吗？刚退了烧两三天，真拿你没办法。阿源，给，冰片。"

主人从小盒子里取出两三片冰，放在盘子里，递到少年的枕畔："就只有这些了，要吃明天再买。"

"是着凉了吗？"客人关心地问。

"已经好多了。太热了吧，稍微开点儿窗。"说着，主人把纸窗推开了一些。闷热不堪的屋里，无声无息地飘进了一丝夜的凉意。"晚上吹了风不好，不用管我，还是关上吧。"客人对孩子的病体无不担忧。

"哪里，不通风反而不好。你说找我有事儿，是不是请假条的事？"主人往前探了探身，凑近了些小声说。额头上一缕发丝垂落到脸上，她不胜其烦地撩了撩。

"是呀，平冈先生说，五周的假期早已经过了，之后你打算怎么样，还得赶紧做决定。他让我今天务必问问你……我明天是早班……"

"还真是，我也头疼呢，五周啦！这么快就过去啦。"做主人的少女叹息了一声，"平冈先生还说了什么？"

"别的倒没什么，只是问江藤是不是打算不干了。姐姐，你怎么想的？"

"是吗，其实我也正犹豫呢。"少女又叹息了一声。

做客的少女悄悄环顾了一下室内，好像突然想起了什么，神情一振，一改刚才的愁容，狡黠地笑了笑，声音压得更低，小声说：

"其实有件事情，我想问问姐姐。"

"什么？"做主人的少女，面露笑容，轻声问道。好像已经料到客人要问什么。她凝视着对方的脸，又看了看睡在一旁的少年，见他两臂都晾在外面，便静静地把他的手放进了被子。

"可不许生气哦。"做客的少女扭捏地笑了笑，好像难以启齿。

"我大概能猜到，你且说说看，我不会生气的。倒是觉得挺好笑呢。"做主人的少女羞涩的笑容中，透出了些许不安。

"从我嘴里，真说不出来……姐姐，你大概也知道吧……"

"不就是说我要给人当小妾了，或是已经给人当了小妾啦。"做主人的少女声音有些颤抖。

下

这两个少女都是东京电话局的接线员。主人叫江藤秀，客人叫田川富。工作上，两人都是一把好手，不过阿秀进到电话局才不到两年，所以一天下来的工资，也就只有一毛五分钱。

阿秀的父亲原来在东京府工作，一个月也有三十五圆[1]的收入。夫妻俩膝下育有三个子女，长女就是阿秀，下面还有妹妹阿梅和弟弟源三郎，日子倒也还能对付。就这样，阿秀总算念完了高小[2]，之后便在家里专心学习针线活儿，有空自己看看书。恰是在三年前，母亲突然病倒，没过三个月，就不治而亡，郁郁寡欢的父亲很快也倒下了，不到两个月，随她母亲一起撒手人寰。三个孩子在半年之内，相继失去了双亲，一下变成了孤儿。就此，留在这个世界上的他们，变得一无所有了。

无奈之下，他们便把老祖母托付给一个好心人家看管，正巧赶上电话局在招募接线员，阿秀幸运入选，就此姐弟三人生活在了一起。幸好照顾祖母的那个家庭，多少给了他们

---

[1]　圆指日本明治时期的银币。

[2]　高小为"高等小学校"的略称，指明治时代读完普通小学的学生接受程度较高的初等教育的场所，一般学制为两年，并非当时的义务教育。

一些贴补，可以将就糊口，不然仅靠阿秀自己那点工资和针线活儿的微薄收入，三人很难维持下去。阿秀的付出，绝非普通女子能胜任。她东奔西走，总算寻到一间便宜住所，从那里每天往返电话局。要是上早班，她就下午做针线活儿，如果轮上晚班，针线活儿就得赶在上午完成，一点儿喘息的余地都没有。不仅如此，还要兼顾接送弟弟上下学，辅导妹妹学做针线活儿，到了晚上，又得监督弟弟温习功课，洗洗涮涮的里外家务也全由她一个人包了。

没过多久，物价飞涨，阿秀三人的生活愈发困难了。该怎么办呢，局里的同事也在背后纷纷议论。可阿秀却不动声色，依旧收拾得干净利落，穿戴整齐、若无其事地照常上班。众人觉得奇怪，其中不乏好事之徒，引用世间常有的事例，传出一些不甚友善的流言蜚语。

就这样，在一个半月前，阿秀突然不在局里露面了。起初，先递了一周的病假条，按规定，这并不需要诊断书。可紧接着，又续了五周的假期，这回是附有大夫的诊断书了。五周转眼过去了，阿秀依然没有出现，进而连请假条也没有了。"江藤给人做小啦"，不知从谁的嘴里传出的谣言，在同事间散布开来，弄得沸沸扬扬，最后传到了管事的平冈的耳朵里。于是，平冈让田川富去看看阿秀到底是什么情况，再者问问阿秀还想不想来上班了。同事里，阿富与阿秀最合得来，交情也甚好。

从阿秀休息以来，她们也见过两三次，对事情的原委，她多少有所了解，所以坊间的传闻，她并不以为意。可这一阵子，她却起了疑心。之所以如此，是因为她素来知道，阿秀的祖母并非是个省油的灯。

现在，阿富见到了阿秀，心里的猜忌也就烟消云散了，尤其看到室内的陈设，一切便更加了然于心了。

阿秀的困境，看看她的屋子，就一目了然。房间里没有橱柜，阿秀的衣物就收纳在两个柳条箱里，本来放在屋子的一角，现在却一个都不见了。再看她身上的浴衣，洗得褪了色不说，似乎也是没得换洗的了。房间虽是六叠，可楼梯占去一叠，实际上也只有五叠大小。没有橱柜，没有床铺，连隔板都没有一片。

房间的顶棚很低，榻榻米乌漆麻黑，西面墙的半高处，有一扇小窗，东边则有一个小孔，仅够用来透口气。屋子里龌龊不堪，让人感觉有种说不出的压抑，简直不是人住的地方。

写着记账簿的长方形箱子，权作了碗柜，里面放着只够装七两的酱油瓶和煤油瓶。箱子前面有一个上了漆的小饭桌，扣着三四只碗碟。桌子旁边，放着一个烟熏火燎的炭炉，上面架着一个坑洼不平的水壶。炭炉和饭桌的后面，摆着一个砂锅，饭勺放在里面，可见也是用作饭锅的。

此外，房间的角落里，堆着一个包袱，旁边摊着源三郎的学习用具。阿秀房间里的物品，实际上也只有这些，这就是她的全部家当了。另外，再看看源三郎盖的被子，简直让人目不忍睹，而且，这还是姐弟俩一起合用的。看看这般惨状，难道还能说阿秀给人做了小妾吗？那些会用女人的节操做交换的拜金者，能过得如此惨淡不堪吗？

"江藤姐，这种话，我绝没有当真。可大家怎么说的都有，不得不让人往那里想。我这么说，你可千万别生气。"阿富的声音颤抖着，很是过意不去地赶忙解释。

"哪里，我不生气。你能来看我，我已经很高兴了。局里人背地的议论，我多少有些耳闻，也不能都去怪人家……"

阿秀说得不无悲哀，接着，深深叹了口气。

"为什么！欺人太甚了。什么情况都搞不清楚，就跟自己看到了似的，还敢到处乱说。"

"这些事，我也不是不感到痛心，可又怎么能怪他们到处乱嚼舌头呢，你看……就连奶奶她……"

阿秀欲言又止，盯着阿富的脸，不觉湿了眼眶。

"奶奶又说什么了……姐姐，你真太可怜了……"阿富的眼里也含了泪。

"奶奶的事儿，按理也不该跟别人讲……还记得吗？你上次来的时候，不也听奶奶说过一些莫名其妙的话吗。结果就在十天前，她又从小石川来，提起让我做小妾的事，跟我说：'别张口就来，你可想好了，这事儿只要能答应下来，阿梅和阿源就可以衣食无忧啦……'"

"这意思是让你去做小妾吗？"阿富用袖口揉了揉眼睛，双目睁圆脱口而出。

"没有，她没那么直接明说，可话里话外的意思是，'一提起小妾，满世界人都会说三道四的，可和艺伎相比，那是天壤之别，咱们可就只伺候一个男人……'哎，这是什么话呀……我委屈极了，简直忍无可忍，回了一句：'这话的意思，不就跟让我卖身一样吗?！'可她却说：'为了奶奶和弟弟、妹妹，卖身有什么可耻呢……'"

"啊！怎么能这么说！"

"说实话，有时候我真感到快撑不下去了，可就算再怎么难，给人做妾，那是万万不可能的。这种无耻的事，怎么能做得出来呢。于是我也就跟奶奶表了态：'不管怎么样，这种事情我是绝对不会做的。至于弟妹的前途，我会尽心竭力地想办法，也请您老放心。'我把心里话都说了出来，可还是觉得委屈，竟然掉下了眼泪。后来我想，不如干脆专门做些针线活，局里那边先放一放，做做看再说。可是现在看来，这种活儿，只能有一搭没一搭，总是接不上。而且整天待在家里，就总想更好地照顾弟妹一些，反而占去了更多的时间……所以我觉得，局里那边不如就干半天吧。"

"那，阿梅怎么办？"阿富疑惑地问。

"是呀，按目前的状况，光凭一己之力，很难维持三个人！而且我也不愿意向小石川那边求助，还是得让阿梅出去做活儿，这不，前天给她送走了。"

"哦，在哪儿干活儿呢？"

"倒是不远，日荫町的估衣铺[1]。"

"是做女佣吗？"

"嗯。"

"唉，太可怜了。刚十五吧？"

"我也很是舍不得，可留在我身边，岂不更没盼头。况且对她来说，出去磨练一下，熬住一时的艰辛，也是苦药利病的。于是我一咬牙，把她送出去了，忍过去，海阔天空……你再看阿源，这副病殃殃的样子，刚才我正一边给他缝衣服，一边在那儿胡思乱想呢，越想越止不住地悲从中来，只好哼哼歌，聊以自慰。"

"所以姐姐，你还是应该去局里上班。这样其实更好，一忙起来，反倒能给你解忧呢。"阿富满脸认真地劝慰着。

阿秀叹了口气，脸上浮现出一丝凄凉的微笑。"还真是这

---

[1] 估衣铺为买卖二手衣物的店铺。

个理儿。接了来电，按照号码转拨过去，就完事儿了，日子也就能这么不知不觉地过去了。"说着呵呵地笑了起来。"女人的工作，也就不过如此嘛。"阿富也呵呵地笑着。此时的阿秀，心里似有一种莫名的难言，那像是高兴，像是悲哀，又像是充满了希望。

总之，最后俩人定下来，从后天开始，阿秀回到局里接着工作。可马上她就想起了衣服的事情，又让她感到满心为难。让她穿着和睡衣一样的衣服，挤在年轻女孩儿堆里，依着阿秀的性格，是万万不可能的。仅有的两三件单衣，都放到了估衣铺，这太让人为难了。阿富到底是个女孩子，察觉到这一点，看着阿秀作难的表情说：

"别泄气，至于……"

"没关系，总会有办法的。"阿秀的脸上透出了红晕，讪讪地笑了笑。

"你不是很为难吗？明天从局里回来，我和母亲商量一下……四点左右我再过来。"

"那太让我过意不去了……"

阿秀眼里涌满了泪水，低下了头。见状，阿富有种难以言说的悲哀，依恋之情油然而生。

夜已深，阿富正待起身告辞，忽听得屋内传出金钟儿的鸣声。

"哎呀，是金钟儿吗？"说着，阿富四处短摸起来。

"在窗边呢。阿梅前阵子从琴平买回来的，还想带去上班呢……"

"到底还是个孩子。"阿富站起来，两人从黑漆漆的楼梯上，小心翼翼地走了下去，阿秀跟着送出了门口。明月西斜，已是夜阑人静。

"我送送你。"

"没关系，前边就是人来人往的大路了，"阿富笑答着，"那我走了，让阿源多保重。"说罢便准备离开。

"还是送你到护城河边吧。"阿秀并不多说，一起走了出去。两个少女的影子，消失在幽暗的街巷里。

小巷走不了几步，便是一家面包店的后门，门开着一条缝儿，两人经过，刚好能看到里面。刚出炉的面包，喷香扑鼻。看着面包师的烘焙手法，两人觉得煞是有趣，便驻足看了一会儿。

"好香呀！"阿富笑着说。

"是在做明天的面包吧。"阿秀微笑着，正准备离开。

"稍等一下，"阿富叫住了她，在外面喊了一句，"麻烦给我拿一块面包。"

店里一个三十岁开外的男人，还有一个十五岁左右的小姑娘，正忙着烘烤面包，听闻，惊疑地看向窗外。

两个少女　　63

"要多少？"姑娘懒洋洋地站了起来。

"不好意思，就买这些吧。"阿富递给姑娘一个铜板。姑娘用旧报纸包好了面包，从门缝里递了出来。

"这个给阿源，给他尝尝刚烤好的面包。你看，还是热的呢。"说着，递给了阿秀。

"哎呀，真是太过意不去了。明天一早给他吃。"

两人来到了护城河边的大路上。夜虽已深，但还不到十二点，路上依旧人来人往。月色皓然，水面上笼罩着一层雾霭。

"就送到这里吧，明天见。早些休息，好好照顾阿源。"阿富斯文地鞠了一躬，准备走了。

"真的是太感谢了。代我向老太太问好……那明天见。"

临别时分，两人又站了一会儿。

"噢，对了，明天过来的时候，能不能带点儿花来，什么都可以。我想供佛用。"阿秀说话时，显出一些扭捏。

"这阵子江户菊开得正好，给你带些江户菊吧。"阿富歪着脑袋，笑眯眯地看着阿秀。

"你也养金钟儿吗？"

"没有，怎么了？"

"阿梅的金钟儿这些天不怎么叫了，好像要不行了，不知道该怎么办呢。"

"是吗。喂黄瓜了吗？"

"哦，所以才不行呀。"

正说着话，一个巡警从前面经过，一副怀疑的眼光，打量了一番二人，走了过去。两人一阵慌张。

"再见……"

"再见……赶紧回去吧……"

阿富咔嗒咔嗒踩着木屐，往赤坂方向走去。阿秀兀自伫立在原地，目送着她的背影。

初刊于《国民之友》

明治三十一年（1898年）

河
雾

河
雾

上田丰吉离开故乡，大约已是二十年前的事了。

那时，他才二十二岁，临行前，乡邻都来祝福他前途无量。

"此番必定能大展宏图"，这一类的华丽词藻，犹如玉楼金殿般，使他如堕五里雾。告别了家乡的古城，大阪、京都他都视而不见，直奔东京而去。

家乡的亲朋好友，得知他平安抵达，皆预祝他马到成功。

其中唯独一个被称作"杉林胡子"的老人 —— 本名叫作并木善兵卫，他却另有一番说法：

"丰吉成不了什么气候。你看着，五年、十年后，准是两手空空，无功而返。"

"为什么呢？"一旁在座的、一位丰吉的朋友开口问。

老人一如往常地捻着雪白的胡须，脸上似是寂寞，似是悲哀，别有用心地狡黠一笑，却只字不答。

老人的话暂且不谈，先来说说这位"杉林胡子"。提起这个名字，当地无人不知，无人不晓。这是位奇怪的老人。

老人的绰号，因一捧雪白的胡须而得名。他个子矮小，蓬头垢面，当时虽已年过七十，身板却极是硬朗。

在杉树林子昏暗的光线下，要是他不开口说话，光凭那双烁烁放光的小圆眼，任谁看上去，都会觉得这老家伙让人不由得胆战心惊。光是这个老家伙还不足为道，"杉林"更是如此。这一带本是士族的居住地，尚在"胡子"还没长出来的更久以前，就已是一片让人不寒而栗的地方，经过了数百年，如今一棵已需五人合抱的大杉树，就立在并木善兵卫家一旁，也正好形成了一个冷冷清清的十字路口。

善兵卫早在年轻时，便是一个口无遮拦的人，行事乖张，好坏不分。待上了些年纪，更是不积口德。

"这家伙没几天好活了。"这类不吉利的话，他张嘴便来，奇怪的是，还真都一语成谶了。说得玄乎点儿，他可以洞察秋毫，再说白了，他就是天赋异禀，直觉敏锐。乡里众人都觉得不可思议，而他意识到这一点，对旁人的性情、命运，从旁观察得更是起劲了。他觉得这样极有意思，自己很是得意，慢慢也练就得更加得心应手了。不过，他绝不是那种算命看相的人。

丰吉和这个"胡子"并没有什么交集，"胡子"却能对丰吉做出此番预言。

而且，时过二十年，竟然应验了。这不光是一个简简单单的应验，里面还有三层含义：

其一，"丰吉成不了什么气候"；

其二，"五年、十年后"；

其三，"无功而返"。

让我们再来细数一下，这位让人胆战心惊的"胡子"，站在杉林的阴影里，瞪着那对贼光熠熠的鼠眼，所看到的一切吧。

丰吉是个好人，才华横溢，但却缺乏耐性，也并非完全没有耐性，而是意志稍显薄弱，做事不得要领。给他当头一棒，他却迟迟反应不过来。

丰吉是个好人，重情重义，却胆小如鼠，换句话说，他气量狭窄，性情简直与海葵[1]如出一辙。

不论成与败，二十年来，他都在东京奋力打拼着，他活跃在东北地区的舞台上，干了一番事业，可终归还是一败涂地，抑或说，是他的动力源泉枯竭了。

于是他还乡故里。并非短暂的漂泊，而是真正的回家了。任何时候，他都忘不了故乡。不论怎样潦倒，他也不愿在大都会的街头醉生梦死，让自己像废物一样沉沦下去，他绝不

---

[1] 海葵是一种捕食能力很强的海洋生物，触手上生有刺细胞，可用来麻醉和捕获猎物。它一旦受到刺激，触手和身体便会收缩，一段时间后，又会逐渐展开。

是那种人。

"胡子"预言的"五年、十年"没有说中，丰吉是时隔二十年才回来的。然而"胡子"所说的"五年、十年"是极富寓意的，所以，实际上还是应验了。换句话说，丰吉并非那种轻而言弃的人，骨子里他还有股锲而不舍的劲儿。

"杉林胡子"的预言，毋庸置疑都应验了。然而有一点，竟连"胡子"也没参透。而那棵数百年来，一直冷眼旁观的"杉林"，却似乎是洞察一切的。

夏去秋至，九月中旬的一个周日，午后一点左右，在"杉林"十字路口，一个人茫然而立。

此人约莫四十来岁，头发灰白，肤色黝黑，面容憔悴，长着一张马脸。

他穿着一身汗迹斑斑的西服，皱巴巴的，已经变了色，藏青的绑腿也已失去原先的光彩，草鞋更是破旧不堪。只有在大都市混得不堪、穷途潦倒的人，才会是这身打扮。此人便是上田丰吉。

二十年后的故乡，早已今非昔比。现在全日本，无论哪里的城镇、街道，都已是面貌一新，唯有士族的小路，反倒显得更加古朴了。这里也是如此，街道上平添了不少新的建筑，增加了很多漂亮铺面，一切都是应势而生，然而士族的老屋却正好相反，不论走到哪儿，所见之处，尽是些古都的断壁残垣，到处都透着一股难言的萧条。

丰吉在杉林的树荫下休息了一会儿。他是一个如此怯懦的人，即便落魄到这般地步，回到了眷恋已久的故土，他也不敢招摇过市，大声宣告自己的归来，他甚至不能大踏步地走在自己出生的土地上，他更不愿就这么直奔兄长的家里——那个自己出生的屋子。

他小心翼翼地迈开了脚步，如同探梦者，开始追寻起那古老记忆里的细枝末节。毫无疑问，这里已经变样了。

然而，一切又没有变化。只是墙上的洞，比二十年前大了一些而已，那是丰吉淘气时用棍子挖出来的。

可在丰吉的眼里，路似乎比以前窄了，树好像多了不少，林子似比从前更加沉寂了。只有秋蝉在单调地叫，听着令人昏昏欲睡。大太阳火辣辣地烤在这古老士族的房顶上，四周死一般寂静。

沿着杉树篱笆走下去，路的尽头，便看到瓦墙上的紫薇与蓝天交映，墙上满是肆意攀爬的藤蔓，旁边就是一扇门。橡树、梅树、橘树等观赏植物，已是绿叶成荫，遮蔽了门楣，院子里有三两棵棕榈，蒲扇大的叶片在风中摇摆，在阳光的照射下，间或闪烁着。

丰吉颔首看着门牌，木牌的颜色与文字的墨迹一样古朴，上面写着"片山四郎"。那是丰吉的发小。

"看样子还健在，呃，"他想了想，"应该有孩子了吧。"

丰吉悄悄探头朝里张望了一下，只见桑园那边，六七只母鸡，正跟在为首的一只大公鸡后，慢吞吞地往门这边走来。

忽然，井边传来呼隆隆的轱辘声，接着就听见有人喊："阿安，把脸盆拿过来！"这大概就是一家之主的声音吧。丰吉像是突遭袭击，慌忙四顾，一转身，拐过了瓦墙。周围一个人影也没有。

"是四郎，是四郎。"丰吉茫然而立，眯起眼睛，不经意地望向那条窄窄的、树影繁茂的小路尽头。烈日炎炎下，远处的路面，看上去虚幻飘渺。

一条狗突然从丰吉身旁的紫竹篱笆里蹿了出来，看到丰吉，警觉地竖起了耳朵。须臾，篱笆内传来两声响亮的口哨，那狗又奔了回去。丰吉如梦方醒，瞪大眼睛，一丝落寞的笑容，浮现脸上。

也就在这时，一个十二三岁的少年，扛着鱼竿，不知从哪里冒了出来。他好像没有注意到丰吉，根本没往这边看，小声哼着军歌走了过去，刚才那条狗跟在他后面，一个劲儿地在地上嗅来嗅去，随着少年一起去了。

丰吉想都没想，快步跟上，紧紧地追随少年的身影。两人之间虽说仅有数十步之遥，实际上却是三十年的光阴。丰吉的眼前，赫然看到的，是曾经的自己。

蓦地，少年和狗都不见了。拐角的那棵古树，枝条扎煞的样子，依然如故，就连秋蝉都还没有挪窝儿，丰吉想："果不其然，刚才那孩子一定是去了那里。"他大喜过望，抬头看了看那棵梅子树，跟着转过了拐角。

一条宽不到两米的小溪边，柳树荫下聚集了三四个少年，丰吉开心地笑了，加快了脚步。

这条溪流是大河的分支，自古便是少年们钓鱼的好去处。丰吉靠坐在柳树下。离别已久，仿佛昔日的光阴重现。溪流到此，忽然见宽，幽邃、静谧、昏暗。

柳叶间日光下澈，映在水中，呈缕缕金线，水底清冽，沙粒如银，碧玉般明灭可见。

少年各自为营，盘踞树下，举杆垂钓。一个十二三岁的少年，忽然冲着刚才的孩子喊道："桧山！看这个！"说着举起一条肚皮通红、近尺长的鳟鱼，颇为骄傲地大笑了起来。

"上田，别太得意啦！"一个少年回应道。

丰吉腾地一下站起来，阳光眩目，他眯起眼睛，皱着眉头，看向那个叫上田的少年，接着就凑了上去。

"哪儿呢？让我看看。"丰吉一面端详着少年，一面说着。

少年一脸狐疑地看着丰吉，极不情愿地把鱼篓凑到丰吉眼前。

“不错，不错，”丰吉朝里瞥了一眼，又盯着少年的脸，点头连声说，“不错，不错。”

“个头儿不小吧！”少年说话的口吻，肆无忌惮，一把夺过鱼篓，浸到了水里，旁若无人地盯着水底，看个没完。

丰吉呆在原地。“这肯定是哥哥的孩子，不光长得像，就连刚才的声音，都和哥哥一样。”他又看向了少年的侧脸，好一幅画呀！这绝对就是一幅画！这两个人，简直太完美了。

河柳依依，苍翠欲滴，长长的柳条，受着日光的照射，熠熠生辉，微风拂动，纷乱起舞，地上的影子，也随之摇曳不定。河边，在这清凉的阴影下，一个胖乎乎的少年，旁无杂念地望着一汪幽深清澈的潭水，正自专心垂钓。离少年不远，柳树下坐着一个旅人，从穿着到容貌，一望便知，他是有多么的潦倒和疲惫，却依旧仿佛如梦般凝视着少年。透过水面上垂下的柳枝，便可望见远处城山的残垣断壁。秋色宜人，天高气清，阳光明媚。好一幅画呀！一幅其味无穷的画！

丰吉眼中涌出了泪水。他努力地眨了眨眼，想把泪水忍回去，可眼泪却不听话地掉落下来。一种说不清的怀恋之情油然而生：“就是这里，这是我出生的地方，也便是我将要逝去的地方！啊，快哉，快哉！如此看来，后顾无忧矣！”不知为何，他感到至此为止，长久以来的艰苦磨难，像是蜕了一层皮，从他的身体上，慢慢分离了出去。

"你父亲是谁呀？"丰吉靠近少年，亲切地问。

少年大睁着眼睛看向丰吉。

丰吉依旧是一副亲切的面容："是贯一对吧？"

少年惊诧地瞪着丰吉的脸。

丰吉面带微笑问："贯一身体还好吧？"

"他很好。"

"很好！这就放心了。有没有听你父亲提起过丰吉叔叔？"

少年吃了一惊，猛地站起身。

"你叫什么名字？"

"源造。"

"源造，我就是你叔叔，我叫丰吉。"

少年大惊失色，扔下鱼竿，二话不说，一溜烟儿地朝士族的房子跑了回去。

余下的孩子受此一惊，皆是怪怪地看着丰吉，麻利地收起了鱼线，背上篓子，蹑手蹑脚地跑开了。

丰吉傻在了当地，怅然若失，目送着孩子的背影。

"听说上田家的阿丰回来啦。"凡是记得他的人，皆是大惊，议论纷纷。

丰吉二十来岁时认得的人,现在亦都到了不惑之年。他们有了孩子,更有些抱上了孙子。大家听闻,便纷纷前来问候,尤其是那些女人,曾经也是花容月貌,而今却一个个成了黄脸婆,可依旧挡不住她们前来探望的热情。

人们惊讶于丰吉的老态。为他的平安归来而贺喜,为他的命运坎坷、一无所成而惋惜。大家为他欢笑,为他流泪,极尽所能地对他进行安抚宽慰。

啊,这就是故乡!二十年来,无论成功还是失败,丰吉没有一天忘记过。然而,今天他如此狼狈地还乡,没承想,还是受到大家这般亲切的关爱。

他为父老亲朋的温情所打动。悲喜交加,泪流满面。他自怨自艾,感觉年华已逝。他宛如从无望的困顿之海,漂落到了无尽的安心之岛。

兄长对这个不幸的漂泊者,竭尽所能地百般关照。孩子们觉得他是个好叔叔,很是依附于他。兄长贯一有三个孩子,老大花子十五岁,老二源造就是刚才那个男孩,最小的阿勇虽才七岁,却十分可爱。

花子会安慰叔叔,源造会和叔叔玩,阿勇会跟叔叔撒娇。丰吉靠在茶室的窗边,听着花子坐在仓库石阶上唱着歌,迷迷糊糊地打着盹儿。他被源造叫出去钓鱼,一边垂钓,一边昏昏欲睡。他当了阿勇的坐骑,在屋里绕着圈儿地爬来爬去，阿勇让他学马嘶，他却叫得像头牛，阿勇很是不开心，全家人却捧腹大笑。

空闲之余，他教花子和源造读些汉文，指导他们学一些粗浅的数学和英语。由此，村民众口一词地提出，孩子们光是玩耍嬉戏，将来也没什么出息，不如把他们召集过来，办个私塾，于人于己都大有裨益。兄长毫无疑问大加赞成，便极力劝说丰吉。

丰吉同意了，也暗自高兴。比起刚回来那会儿，整日无所事事，已让他感到百无聊赖。而且，终日的游手好闲，不劳而获地吃白食，对他自是一种痛苦。

他在那无尽的安心里，浑浑噩噩地消磨了一段时光，转眼一个月过去了。现在丰吉再听花子唱歌，已不只是一味地打瞌睡了。星光璀璨的秋夜，他由花子相伴，又来到了那条溪流边散步，听着花子哀怨低婉地吟唱，他那颗颓丧的心，好像微微有了一丝跃动。他觉得，与其这样整天安闲自在地混日子，倒不如像过去那样，无论失败还是苦闷，都该全力以赴地做点儿事情，这样活着才有意义。

在他看来，异乡的那些失败，未见得全是他的过错。其实，这更多取决于他乡的人情冷暖。正因如此，在故乡这些亲人间，但凡行事，成功的概率该会很大，不至于像从前那样一败涂地。

但他太不了解自己了，太不知天高地厚了。于是他欣然应承下开设私塾的建议，如若不然，他很难自己开口，说出想有一番作为的念头。

　　"杉林胡子"的预言，也就说到这里。接下来，是"胡子"预言里遗漏的部分，那就是丰吉的命运。

　　那是月色清明，夜晚十点左右的事。城山脚下，大河急转而去，崖上只见丰吉一人，独自追随着自己的身影，行走在野草丛生的山间小路上。

　　出了小路，便是墓地。坟茔累累，连绵在山崖边略高一些的地方，月光下，显得异常清冷惨淡。丰吉穿行其间，再爬上去一段，又是数十个青冢并排安放着。一棵小松树下，有一个很小的坟头，丰吉站住了脚。

　　这是"并木善兵卫之墓"，是七年前死去的"杉林胡子"的长眠之地。

　　那一日，兄长贯一和其他一些人，正在为开设私塾做准备。他们借来片山家的演武场，权作教室。这个演武场，长九米，宽七米，铺着地板。丰吉上小学时，放学回家的路上，总会和这家孩子玩争当孩子王的游戏。而更早，早在维新以前，这里曾是真正的剑道馆。

　　人们四处张罗，凑齐了二十来个学生可用的桌椅。有的是从村公所库房里找来的，有的是从小学仓库旮旯里翻出的，大家把那些坏得不能用的东西认真修理了一番，总算可以凑合用了。

次日便是开学大典。丰吉无不亲力亲为，就连演说稿都已拟好。那一天，老士族的屋里，平添了很多欢声笑语，就连往日寂静的杉林附近也一反常态，热闹了起来。

为了叔叔，花子决定亲自上阵，献唱国歌。源造因为叔叔要做先生，这两三天在学校里也颇为神气。只有阿勇，对周围人在忙乎什么，是一无所知。

那一晚，丰吉为次日的大典，做最后的收尾，又去了趟片山的演练场。可就在回家途中，他突然调转方向，来到了大河边。丰吉在"胡子"的墓前坐了下来，他抬起头，仰望着茫茫苍空。"胡子"并不认识现在的丰吉，丰吉自然也不知道"胡子"当年的预言。

丰吉俯瞰着滔滔大河，凝视了一会儿家乡的景色，俄而发出了一声叹息。他好像已经筋疲力尽了。

事实正是如此，他已经没有了动力。现在的他所抱有的，只是一种不堪重负的疲劳。"开设私塾！"这句话在他看来，已经没有了任何色彩。

山河月色，依然故我。曾经的故人，有几位就葬在这里。此时，丰吉深深地感到，他的生涯，很快就要汇入大海了。

他和那几位亡友，只隔着一层半透明的薄膜。

其实不然，他只是太疲劳了。他甚至连要一杯水的力气都没有了。

丰吉平静地站起身，走下了河岸。他沿着河水，踉踉跄跄着往下游走去。

月洒清辉，河面上映出城山漆黑的倒影。河流堆积处，水光如镜，浅滩上，波光映月，碎银般闪闪发亮。丰吉恍如梦境，沿着河水继续走了下去。

一艘小舟系在岸边。丰吉踏上船，解开缆绳，拿起了桨。论水上功夫，以前会的那几招还没有忘记。小船顺流而下，驶向了河心。

极目远眺，溶溶月色融秋水，薄薄轻雾起沉浮，如梦如幻。丰吉注目远望，继续划着桨。小船顺风驶去，河雾渐行渐远。河水的尽头，便是无尽的海。

丰吉再也没有回来。为此，最难过的，当然是花子和源造。

初刊于《国民之友》
明治三十一年（1898年）

牛肉与马铃薯

牛肉と馬鈴薯

芝区樱田本乡町的护城河畔，有幢叫作明治俱乐部的洋楼，看上去虽没那么华美，可也是一幢不错的建筑。建筑至今还在，可房子早已易主，明治俱乐部已不复存在。

这里要讲的，是那俱乐部尚在繁盛时期的事。某年冬夜，极为罕见地，二楼食堂的灯还点着，开怀大笑的声音，即便在门外也不绝于耳。平日里，这家俱乐部少有人深夜聚会，炉火中的烟，也只会在中午冉冉升起。

而那夜，虽已早过八点，可里面的人，仍是意犹未尽，没有散去的意思。大门旁六辆人力车停成一排，车夫都聚在后门，照例掷着骰子。

此时，黑暗中突然走出一个男人，外套领子立起，礼帽压得很低，毫不犹豫地按响了门铃。

门从里面一打开，来人就用低沉的声音问："竹内先生在吗？"

"哦，是在这里。您是哪位？"身着和服，瞎了一只眼的长脸侍者，恭恭敬敬地应答着。

"把这个拿去。"递过来的名片，用五号字印着冈本诚夫几个字，没有任何头衔。侍者接过，急忙上了二楼，很快便回来了。

"您请这边儿走。"侍者把客人引上了二楼。楼上的火炉烧得很旺，非常暖和。炉子旁边坐着三人，另外三人坐在稍远的地方。旁边的桌上摆着瓶威士忌，杯子有的已经空了，有的则还盛着酒，看起来大家已喝得酒酣耳热了。

见到冈本，竹内赶紧起身，快活地说："来，坐到这里来。"说着递过一把椅子。

冈本不便即刻坐下，他环顾一圈，只见在座有五位曾有过一面之缘，另一位皮肤白净、中等身材、很有教养的绅士，却未曾谋面。见此情景，竹内便道："这位你还不认识吧，我来介绍一下。上村君，北海道煤矿公司的职员。上村君，这位是我的老朋友冈本……"

话音未落，名叫上村的绅士便爽朗地说："哎呀，初次见面……时常拜读您的大作，望不吝赐教……"冈本只说了句"小意思"，便不作声，在一旁的椅子上坐下了。

"后来怎么样了？"名叫绵贯的矮个儿绅士问了一句，他长着一脸浓重的络腮胡。

"是呀，上村君，后来怎么样了？"头发稀薄、眼神慵懒的井山催促着，他的身体极为瘦削。

"呀，冈本君一来，倒有些让人说不下去了，哈哈哈哈。"煤矿公司的绅士扭捏地笑了一下。

"在说什么呢？"冈本问竹内。

"嗨，很有意思。聊着聊着，不觉谈到了各自的人生观。来，你也听听，非常精辟，绝对字字珠玑，真是滔滔不绝呀。"

"哪里哪里，该说的都已经差不多了，我们这些凡夫俗子，怎么能和你这种内行相提并论呢，还是听听你的高论吧。对不对，诸位？"上村借此想逃避。

"不行不行，先把你的说完！"

"洗耳恭听。"冈本把威士忌一饮而尽。

"我觉得，我的言论，应该和冈本君完全相反吧。总之，我想说的是，理想与现实是不一致的，是完全不符的……"

"啧啧。"井山保持着中立。

"如果不一致的话，与其依从理想，不如说更应该顺从于现实，这便是我的理想。"

"就只是这样？"冈本拿起第二杯威士忌喃喃了一句。

"因为，理想是没有办法吃的呀！"上村说着，一脸兔子的表情。

"哈哈哈哈，又不是牛排！"竹内开怀大笑。

"不，是牛排，就是牛排，是红焖牛肉。"

"是煎蛋卷吧！"一直没作声、半睡半醒的松木，一本正经地插了一句，他满脸通红，是这里面最年轻的一位绅士。

"哈哈哈哈。"在座无不笑得前仰后合。

"嗨，这有什么可笑的，"上村来了兴致，"这比喻再恰当不过啦。如果依从于理想，只能去啃马铃薯，弄不好，连马铃薯都啃不上呢。诸位觉得，牛肉和马铃薯哪个好？"

"当然是牛肉好啦！"松木仍是一副慵懒的声音，很认真地嘀咕了一句。

"在牛排里，马铃薯可是配菜呀。"络腮胡子有些洋洋得意。

"完全正确！理想实际上就是配菜！要是没马铃薯，会觉得缺点什么，可全是马铃薯的话，倒是叫人吃不消了！"

说完，上村好似畅快了一些，看向冈本。

"不是说北海道是马铃薯的著名产地吗？"冈本淡然地问。

"就是这个马铃薯。为了这个马铃薯，我不知受了多少罪呀。竹内君是知道的，别看我现在这副样子，当年也是同志社毕业的，那个时候，曾是个热衷的'阿门'教徒，换句话说，是个彻彻底底的马铃薯派！"

"你吗？"井山满脸疑惑，睁开惺忪的睡眼看着他。

"这没什么可奇怪的，那时候还年轻呀。不知道冈本君有多大了，我从同志社毕业时只有二十二岁。都已经过去十三年啦。真想让你们见识一下，我当时是个怎样狂热的马铃薯派呀。在学校的时候，只要听到别人讲起北海道，便会立即肃然起敬，尤其像我这种以清教徒自居的人，更是为之神往了。"

"好一个清教徒！"上村见松木插嘴，忙抬了抬下巴，以示让他打住，又呷了一口威士忌，"那时，只想离开这龌龊不堪的内地，投身到北海道自由广阔的天地去。"

上村说话时，冈本目不转睛地凝视着他。

"于是，我四处打听有关北海道的一切。只要一听说有从北海道来的传教士，便会二话不说跑去询问。可是从他们嘴里说出来的，净是些不着边际的话。什么大自然多么壮阔啦，石狩川如何地浩荡奔流啦，森林是怎样的广阔啦，喔，太震撼了！听得我简直着了魔。于是汇总了所有消息，自己想象着，描绘出了这样一幅画面——自己擦拭着满头大汗，披荆斩棘，最后种下了红豆的种子……"

"真想好好欣赏一下这位农夫呀！哈哈哈哈……"竹内笑出了声。

"哎呀，所有都是脚踏实地，自己开垦出来的。稍安勿躁，这些一会儿就会讲到……没多久，慢慢地建起了田园，主要种些马铃薯，有了马铃薯就不愁吃了……"

"注意，马铃薯登场！"松木又开口了。

"田园的中央有幢房子，结构虽然粗糙，可乍看上去却是美式的，完全是新英格兰殖民时代的风格，屋脊是尖顶的，侧面煞有介事地安了一个烟囱。窗户到底要做几扇，好像还真让我跨踌了一番……"

"这房子真的建好了吗？"井山瞪大了那双迷离的眼睛。

"没有啦，这都是我在京都时自己想象出来的，窗户的困扰是在……哦，想起来了，是在若王寺散步回来的路上想到的！"

"然后又怎么样了？"冈本不苟言笑地催促着。

"接下来，要在北面建一道防护林，林木尽量多一些为好。防护林右侧蜿蜒而下的，是一条清澈见底的溪流，从屋前潺潺流过。不用说，水里自然要有鸭或鹅，披着紫羽，露着白背载沉载浮。溪流上，横跨一座三寸厚的结实木桥。这桥要不要加栏杆，又颇费了一番心思，最后觉得没有栏杆，反而更贴近自然，于是决定不加了……大概就是这么一个设想，可所有这些，还是没能满足我的想象……那就是到了冬季……"

"且慢，稍微打断一下。'冬'这个音，没有触动到你什么吗？"冈本问。

上村一脸惊讶。

"你怎么会知道？太有意思了！不愧为马铃薯派呀！一听

到'冬'这个词，委实让人受不了，'冬'意味的就是自由呀！而且，我又是一个圣诞拥趸，热心的'阿门'教徒，每到圣诞，如果没有纷飞的大雪，没有屋檐下的冰柱，那一切都没有任何意义。于我而言，与其说是北海道的冬，毋宁说冬就意味着北海道。一听别人提及北海道'到了冬季……'，身体就会情不自禁地颤抖起来。然后我又展开了想象——到了冬季，大雪掩盖了房屋，夜晚，窗子里窜动的红色火苗，若隐若现。时而刮来一股北风，呜呜呼啸着，吹落了树梢上的雪块，落地噼啪有声。黑白花的荷兰牝牛，在牛棚里哞哞叫着！"

"简直就是个诗人呀！"只见有个人一跃而起。自打冈本进入房间，这个叫近藤的人，还没说过一个字，只是威士忌不离左右。他人高马大，一脸的倔强。

"是吧，冈本君！"他又补了一句。冈本却只是沉默着首肯了。

"诗人？要这么说，那时我确是个诗人，我很喜欢读格雷[1]的《墓畔哀歌》，'晚钟响起来一阵阵给白昼报丧'，自己也曾试作过，从当下新体诗人的角度看，我该算是前辈了。"

---

[1] 此处指托马斯·格雷（Thomas Gray, 1716—1771），18世纪英国新古典主义诗人，代表作为《墓畔哀歌》（*Elegy Written in a Country Churchyard*）。

"要说新体诗，我也写过。"松木这下来了精神。

"这算什么，我也作过两三首呢。"井山面露不屑，认真地说。

"绵贯君，你怎么样？"竹内问。

"哎呀，惭愧！你是知道的，我没有那么阴柔，诗人气质自然与我无缘啦，凡事我都讲究以'权利义务'来衡量。怎么样，是不是觉得我鄙俗不堪呢！"绵贯搔着头说。

"如此说来，甚是惭愧，我也曾作过诗，还在什么杂志上刊登过两三首！哈哈……"

"哈哈哈哈。"一阵哄堂大笑。

"这样看，诸位都是诗坛高手了，哈哈，妙哉妙哉！"绵贯喊了起来。

"没想到，诸位竟然都作过诗呀。这么看，各位从前都是马铃薯派啦。"上村说时，脸上露出些许得意。

"接着刚才的话继续吧。"冈本催促着上村。

"是啊，继续！"近藤用几近命令的口吻说道。

"好吧，我接着说。毕业后，我在东京晃悠了一年，待我毅然决定去北海道时，那种心情真是无法言说，就像非得骂一句'混蛋'才能痛快一样。我在上野坐上火车，汽笛'呜呜'地响起，火车开动时，我从窗口探出头去，朝着东京的方向，狠狠啐了一口唾沫。说真的，当时只感到一股狂喜涌上来，赶紧背了人，悄悄地用手帕擦掉了眼泪。"

"且慢，刚才你说的非得骂一句'混蛋！'的心情，实难理解呀……那是什么意思？"权利义务的表率者绵贯，表情严肃地问。

"这是对东京那帮家伙说的。看看他们，那副沽名钓誉的丑态！混蛋！看我的吧！就是这种心情。"上村正色地加以解释。

"一路无话，总算到了北海道札幌——马铃薯的原产地。我轻而易举地就拿下了十万坪[1]土地。好了，可以开始了，这就意味着马上要挥汗如雨，投入劳动了。一个最初和我志同道合的朋友——现在依旧在同一家公司里上班——我们二人联手，开始了垦荒。唉，竹内君，你认识这个人吧，梶原信太郎……"

"哦，梶原呀？！他也是马铃薯派吗？现在是不是肥头大耳了？"竹内惊诧道。

"是啊，此君现在拽得很，极其虚伪，一块血淋淋的牛排，他三口两口就能吞下去。不过这家伙究竟还是比我脑子灵光，大概是因为辛苦了两个月吧，一天突然跟我说起了蠢话，提出坚决不能再干下去了。他提议说：'我们实在没必要

---

[1]   1坪约等于3.3平方米。

做这样的隐士，与其和自然抗争，不如在社会上拼搏一番，牛肉不是比马铃薯更有营养吗？'我极力反对：'你要不干，可以。我一个人卯足了劲，怎么也能干下去。'可这家伙却说：'你要干就尽管干，等你觉悟过来就会明白了，理想只不过是一介空想，痴人说梦而已。'说罢，他丢下这番话，径自而去。我独自留了下来，在外人看来，我干劲十足，可内心却极为不安，毕竟也就只有一两个帮手。这样，在那里又坚持了三个月。了不起吧！"

"傻子吧！"近藤揶揄道。

"傻子？太尖刻了吧！现在想想也许是有些傻，可在当初的确是了不起呀。"

"你就是傻呀！自己根本就不是这路子的人！你就不是那种能在北海道啃马铃薯的人，连这个都没搞清楚，还白白受了三个月的罪，你不傻谁傻！"

"傻就傻吧，不过你那句'不是这路子的人'有道理，之后没多久，我便明白了。谢天谢地，幸好我没有马铃薯的气质呀。在那里过了一夏，心心念念的'冬'总算迫近了。作为前锋，打头阵的自然是秋啦，可这头一个秋，却没想象中的那样让人叫绝。吧嗒吧嗒的秋雨，落在死寂的密林里，阳光总是显得那么惨淡，身边没有一个说话的人，能吃的几粒米，得数着一粒要花几个铜板，睡觉的地方是树皮搭凑起的简易棚，马铃声时刻环绕于耳畔。"

"你早就该有这种思想准备呀！"冈本插嘴道。

"的确如此，较之理想，现实才是最真实的。虽说我早有准备，可到头来，还是不能不服呀。首先，这么一折腾，我瘦了。"

上村说着，用酒润了一下唇。

"可我并无意减肥呀！"

"哈哈哈哈……"众人大笑起来。

"于是我仔细地考虑了一下，真让梶原那家伙说中了呀，我幡然悔悟，当断不断，必受其乱，要是在那里过了冬，我必死无疑。"

"后来又怎么样了？你现在是怎么想的？"冈本嘲弄般认真地问。

"这个马铃薯，我算是受够啦。眼下我主张的是现实主义，赚了钱，吃点儿好的，像这样和诸位围坐在炉边喝着酒，吹吹牛，肚子饿了，有牛肉吃……"

"哎呀呀，看来咱们志趣相投呀。在下觉得，什么忠君爱国之类的，和牛肉完全不冲突。如果真是难以并存的话，那是你自己没能耐，这种人就是傻子。"绵贯显得尤为得意。

"我不认同！"近藤喊了起来。他背靠着炉子，跨坐在椅子上，目光迥然地环视了在座一圈，说道：

"我既不是马铃薯派，也非牛肉派！可像上村君这样，从最初的马铃薯派，变节为牛肉派，这纯属意志薄弱。诸位可是诗人，这难道不是诗人里的堕落分子吗。轻率地抽抽鼻子，才嗅到那么一点儿烤焦的牛肉味儿，就跟着随波逐流啦，未免太过丑陋了吧！"

"喂，喂，评判别人之前，是不是该先阐述一下自己的立场呢？你是从哪里堕落的？"上村逼问着。

"堕落？堕落是指由高到低的跌落吧。所幸我开始就没有站在高处，根本就不会出这种丑！而你是因为自己所谓的'主义'，并非喜欢，才去吃的马铃薯，所以你对牛肉一直处于饥渴的状态。而牛肉于我，喜欢吃就吃，所以开始也不会饿着，现在也不会贪婪……"

"太离谱了！"上村大叫起来。近藤正要继续，一个佣人磨磨唧唧地凑到他跟前，附耳低语了几句。他勃然大怒：

"去告诉他，我近藤并非如此宽宏大量的主人！"

"怎么了？"在座一人惊问。

"嗨，这个车夫呀，又把钱给赌光了，问我借呢……离谱？！哪里离谱？你们是牛肉派，是主张牛肉主义的，而我本来就嗜好牛肉，跟主义不主义的没任何关系！"

"我举双手赞成！"这个声音平静而沉稳。

"赞成对吧？！"近藤笑着看向冈本。

"非常赞成，我绝对赞成这种无主义之说。世上再没有什么比冠以'主义'更愚蠢的了。"冈本目光炯炯地望向在座诸位。

"洗耳恭听，敬请赐教！"近藤昂起四方的下巴，往前努了努。

"你是哪一类的？牛还是薯，嗯，是薯吧？"上村明知故问地去套冈本的话。

"我既非牛肉派，也非马铃薯派，可也不像近藤君那样嗜好牛肉。不消说最让人厌恶的，就是那种自导自演出来的所谓主义，我绝不盲从于肉或薯的嗜好。"

"那到底是什么呢？"井山煞有介事地眨巴着那双惺忪的眼睛。

"也没什么。咱们也别拐弯抹角的了，直截了当地说吧，我从不信奉那些所谓的理想，但也不能为了满足肉欲，随波逐流地虚度年华，绝对不行。其实并非是刻意不为，我也曾想过，不管三七二十一，定下一个方向就成。但不知是不是造化弄人，直到现在，内心里总有一种不可思议的愿望，便是哪个都没定下来。"

"你所谓的不可思议的愿望到底是什么？"近藤一副咄咄逼人的口吻。

"一言难尽呐。"

"不会是对酒豪饮、烤全狼之类的大话吧？"

"也差不多吧……其实我曾经爱慕过一个少女。"冈本认真地诉说起来。

"不错不错，渐入佳境啦。之后呢？"年轻的松木把椅子挪近到火炉边。

"这话稍显突兀，但要想明白我那不可思议的愿望，须从这里讲起。那个少女绝对称得上美人。"

"哟！哟！"松木欣喜若狂。

"怎么说呢，她圆脸庞，肤若凝脂，如同西洋女子一般，香肩圆润，平滑如玉。眼睛微显朦胧，虽不大，却很是深沉，那柔媚的眼神，稍加凝视，再怎么铁石心肠的硬汉，都能够被融化。而我轻而易举就被降伏了。最初见到她时，还有些无动于衷，可一来二去，待到第三次，便感觉被吸引了去，念念不忘的都是她。但我并未觉得自己已陷入爱情。

"有一天，我到那少女家去，她父母不在，只有她和女佣，以及她十二岁的妹妹三人。少女说她稍感身体不适，独自一人怏怏不乐地坐在里间，低声吟唱着歌，我则坐在廊檐下倾听着。

"'小荣，听你唱歌，我怎么觉得很伤感呢。'我不假思索地脱口而出。

"'唉，真不知道为什么我要活在这个世上。'少女好似非常无助地回答了我。在我听来，这简直比大哲学家的厌世论还要真实。此后的事情，自然不言而喻啦。

"很快，我们坠入了爱河，无法自拔。这时我才体会到恋爱的喜怒哀乐。两个月的光阴恍如梦境，各位若想知我们是多么地情投意合，这里容我道出一二。

"一日，下午五点左右，我去出席一对朋友夫妇留洋的送别会，我的恋人也随着她母亲前来参加。那天的宴会很是盛大，伯爵家的千金也前来赴宴，一直到晚上十点才算结束。因为当晚月色皎洁，我便徒步从饭店送她们母女回芝山内的家。三人慢慢地走在路上，途中她母亲极口称赞着那对留洋夫妇，露出煞是羡慕之色。言谈中对自己女儿超然世外的做法，显出了极大的失望。不用说，其中含沙射影的话，是指自己女儿之所以会有这种倾向，自然与她的交友有关。和我并肩走在一起的少女，此时攥紧了我的手，我也紧紧握住了她，这是对她母亲无言的抗议。

"我们走到山中的森林，月光从树影间倾泻而下，满目苍茫，让这夜更有了意境。她母亲走在我们前面五步以外的地方。夜已深，路人稀少，周围寂静无声，只能听到我的皮鞋声与她们的木屐声，此起彼伏地回荡在静夜里。因为有感于刚才母亲的不满，我和少女均是无语，此时她母亲也突然严肃了起来，默默不语地走在路上。

"待到一处枝繁叶茂遮蔽了月光的地方，少女突然靠近我，几乎快要抱紧我，喃喃道：'千万别在意母亲的话，别离开我。'她的手搭在我肩上，还不及反应，一股热潮触上了左颊，那般的芬芳，胜似花香。一出了暗处，只见她双眸含泪，面无血色，想来一半也是因为月光的照映吧。见此情景，我不禁大吃一惊，不知是恐惧，还是悲哀，好似千斤压顶般，心里堵作一团。

"那夜，送她们至门口，母亲请我进去喝茶，我婉拒后，独自往家中走去。一道难解之谜呀，解开它，自己悲惨的命运，便也冰释理顺了。这绝非故弄玄虚，的确是此种心境，这让我不胜其烦。于是，我没有马上回家，择条山内的僻静之所，信步而去。不知不觉，到了丸山之顶，在一把长椅上坐下，眺望着品川江心的上空。

"心中最黑暗的地方闪过一念：'这少女该不会就要死了吧？'我像遭了雷击，突然跃起，在原地徘徊踯躅。我盯着地面踱着步，痛斥恶魔般高呼：'绝不会那样！''断没有那种事情！'可恶魔并未退去。我驻足凝望着地面，眼前浮现出少女苍白的面容，那脸色绝非活人在世的感觉。

"于是我赶紧平复心绪，觉得一切都是自己的幻觉，今晚还是充分地休息一下为好。正自想好了，往山下走时，岂料又碰上了一桩糟心事。上山时并未注意，路旁的树枝上挂了一个人。这一惊非同小可，犹如头上泼了一瓢冷水，呆立在原地。

"我鼓足勇气，走近前去，发现是个女子，看不清她的面容，可从甩在路边的木屐判断，应该是个年轻女性……我不顾一切地从红叶馆那侧冲下山，路尽头有一间岗亭，我通报了情况……"

"那个女子，不会是你心爱的少女吧。"近藤戏谑地说。

"那岂不成了小说，幸好这不是小说。

"两天后，我从报纸上看到，这个少女年方十九，因与士兵私通怀了孩子，士兵抛下她回了老家，穷途末路之下，选择了自尽。这且不论，那一夜，我几乎彻夜未眠。

"好在次日一早，见到了少女，看她与平日无异，仍是那双迷蒙的双眸含了笑在迎接我，前夜所有的苦恼，瞬间便已烟消云散。此后又过了一个月，风平浪静，我们之间只有欢笑和快乐……"

"原来如此，这可实属不易。"绵贯跺了一下脚。

"嘘，安静点儿。后来怎么样了？"松木认真起来。

"我来讲吧，应该是这样的，结果少女打了一个哈欠，神圣的爱情就此告终。对不对？"近藤不知为何也认真了起来。

"哈哈哈哈……"在座两三人抚掌大笑。

"唉，起码我的爱情是这样结束的。"近藤补充了一句。

"像你这种人，也知道什么是爱情吗？"井山有些出言不逊。

"冈本君的故事还没讲完，那就先来插播一段我的爱情吧，一分钟就讲完。我和某少女陷入了爱河，两人爱得轰轰烈烈，度过了一段美好时光。待到第三个月，少女打了一个哈欠，我们就此分道扬镳，就么简单。关键是，无论谁在谈恋爱，都谨记一点：女人这种动物，只要跟她接触一超过三个月，百分之百的人，都会产生厌烦。夫妻间那就另当别论了，没办法只能黏在一起。但请诸位看清楚了，那只不过是女子一方强忍着哈欠，勉强度日而已。怎么样，认同吗？"

"也许是这样。不过幸好在我这方，还不曾到打哈欠的地步，你且听我讲下去。

"那阵子，我和上村君一样，卷入了北海道的热潮，说实话，即便现在，我也憧憬着北海道的生活。我想象了很多，更愿意和爱慕的人分享我的快乐。上村君讲到的那种美式房屋，我便更直接地用铅笔，在一张大纸上画了出来。唯有一点不同的是，冬夜窗子里，不只有若隐若现的火苗，还有不绝于耳的欢笑和女人清朗的歌声……"

"那是因为我身边没有人嘛！"上村一副可怜兮兮的模样，逗得大家笑了起来。

"你从马铃薯派变节过来，这也是其中原因之一吧。"绵贯插了一句。

"嗨，我觉得不对。如果他身边要是有这么一个人，恐怕上村君未曾踏上北海道就得变节。女人这东西，说到底根本就不是马铃薯派的执行者。她们天生就是牛肉派，这倒和我比较类似。要说女人喜欢土豆，那绝对是胡扯！"

近藤说此话时，口气中稍带些怒意，引得在座又是一阵哄堂大笑。

"之后两个人……"冈本沉稳地继续讲起，大家总算是静了下来。

"我们两个人打算今后就在北海道生活了。计议已定，我便回了趟老家，把托付给亲朋照管的山林田地全部变卖掉，资金作为今后在北海道的开发用度。本打算在老家只驻留十天，没承想亲朋的阻拦、贷款的拖沓，拖拖拉拉竟过去了二十天。

"不料有一天，少女的母亲发来了电报。惊惧之下我火速回京一看，少女已经死去。"

"死了？"松木叫了起来。

"是的，于是我所有的希望，瞬时化为泡影。"冈本话音未落，近藤一副演讲般的腔调，说出了如下一番话：

"如此精彩的恋爱论，在座诸位有幸聆听，甚感谢意！尽管如此，仍要为他的恋人之死，在此特向冈本君表示祝贺，如觉祝贺不妥，欢喜也罢。我私下里替他欢喜，毋宁说就是欢喜，反倒觉得也正是欢喜。我确信，倘若那少女未曾死掉，其结果必然悲惨，其惨状更甚于一死。"

话说至此，他自己也感觉到过分严肃，突然调转腔调，压低了声音，含笑说：

"女人为什么要打哈欠呢……哈欠也是有很多种的，其中有两种是最可悲、最可憎的，一种是对生命厌倦的哈欠，一种是对爱情腻烦的哈欠。往往男人的特色，更多是对生命的厌倦；而对爱情腻烦的哈欠，多为女人的天性。一种可悲，一种可憎。"

稍后，他语气又缓和过来："换言之，女人很少会对生命产生厌倦。有时，年轻女子会摆出一副悲观厌世的样子，但这委实不过是渴望爱情的一种畸形反应。幸而她收获了爱情，此后几年便是如痴如醉地享受着爱情的甜蜜，真叫是两情相悦，浓情蜜意，恐怕快乐这个字眼的全部含义，在此女身上可以体现得淋漓尽致。但转瞬间，她开始厌倦了，对这样的爱情心灰意冷了，还有什么能比女子腻烦了爱情更难对付的吗？我说过，对此我感到很是憎恶，其实更准确地说，应该是更觉得可怜。而男人在这方面则不同。他们往往是对生命产生了厌倦，恰逢此时，牵手爱情，便有了一线生机。

于是全身心地投入到爱情之火里，于此，爱情便给了男人新的生命。"

说罢，他看了冈本一眼。

"对吧，怎么样。我说得没错吧。"

"毫无道理！"松木叫了起来。

"哈哈，毫无道理？连我自己都觉得很牵强，这么说只是想试探一下。怎么样，冈本君？在我看来，你既非马铃薯派，又非牛肉派，你只是死死抱住一个不可思议的愿望，说白了，就是想见到那个死去的少女，对不对？"

"No！"冈本大声驳斥着从椅子上站了起来。他已经有了些醉意。

"我先声明一下，绝对不是这样的。至于我那个不可思议的愿望，如果诸位愿意倾听，我就给大家讲一下。"

"不知道别人怎么样，反正我是想听一听的。"近藤做了一个手势。大家均默不作声，松木和竹内一脸的严肃，绵贯、井山和上村则是面带微笑地望着冈本。

"我再次声明一下，答案是'No！'

"不错，正如近藤所说，爱情给了我一线生机。因此少女的死，让我悲痛欲绝，所有的希望全部破灭了。如果世上真可以买到还魂香的话，我愿意一掷千金，让她重新回到我身边。一想到此，便让我痛不欲生。坦白地说，每每想到她，我就忍不住痛哭流涕。多少次啊，我对天高呼着她的名字。说实在的，我希望她能回到这个世上，希望她能活过来。

"但这并不是我那不可思议的愿望，不是我真实的愿望，我有更高远的志向，更勃勃的雄心，更热切的希望。如果这个愿望可以成真，那少女的复活与否，我则无所渴求。就算她复活过来，站到我面前，把我卖了也罢，伸出舌头来嘲笑我也罢，我也在所不惜。

"'朝闻道，夕死可矣。'我的愿望，虽与此意大相径庭，但心境却是相同的。如此愿无法实现，即便可以长命百岁，也于事无补。不但毫不快乐，反而更是一种痛楚。

"即便全世界没人跟我一样有这种愿望，也无所谓，我可以独自寻梦。为了追寻这个愿望，哪怕让我去抢劫，我也毫不后悔。杀人、放火，让我干什么都可以。如果有魔鬼能向我保证说：'汝妻予我，奸之，汝子予我，啖之，汝愿遂成。'我则会欢呼雀跃：'妻子，带走吧！儿子，拿去吧！'一切我都会拱手相送的。"

"着实有趣，赶紧把你的愿望说出来给我们听听！"绵贯用力拽着胡须大喊起来。

"且容我慢慢道来。想必在座各位对当下摇摇欲坠的政府，早已心生厌倦了吧。很想把俾斯麦、加富尔、格莱斯顿以及丰太阁拉到一起，[1]组建起一个钢铁政权，做出一番壮举来，对不对？实际上，这也是我的愿望，但并不是我那不可思议的愿望。

"想做一个圣人、君子、慈悲的佛主，想成为基督、释迦牟尼、孔子一样的圣人，真的想成为这种人。但如果我那不可思议的愿望无法实现，如果真是这样的结果，我便无意去做任何什么圣人贤子了。

"'山居生活'，此话一出，我就会热血沸腾。对我来说，北海道正可谓是尽如人意之地。我时常会去郊外散步，近日来因已入冬，天空一碧如洗，极目远望，环绕在国境边上的连绵群山，覆盖了一层皑皑白雪，一瞥之间，顿时会让我血脉偾张，无法自持。可一旦想到那愿望，眼前的这一切又算得了什么。只要能让我实现愿望，宁作茫茫都市里的一介车夫，我也毫无怨言。

"什么不可思议的宇宙啦，难以琢磨的人生啦，探寻天地

---

[1] 四位都是历史上有名的政治家。俾斯麦（O. E. L. Bismarck, 1815—1898）是德意志帝国首任宰相，靠"铁血政策"完成了德意志统一，作为保守派维护专制主义。加富尔（C. B. Cavour, 1810—1861）是意大利政治家、外交家，意大利统一运动领导人，意大利王国第一任首相。格莱斯顿（W. E. Gladstone, 1809—1898）是英国政治家，曾作为自由党人四度出任英国首相。丰太阁则指丰臣秀吉（1537—1598），日本战国时代、安土桃山时代大名、政治家，也是继室町幕府之后在近代首次统一日本的战国三杰之一。

万物的本源啦，这样的争议不可胜举。科学、哲学、宗教一直都在苦于研究和阐释这些问题，好让人们有一处安心立命之所，因而我想成为一个科学家，想成为令达尔文都望而生畏的大科学家，或是大宗教家，但我的愿望并非如此。如果我成了一个大哲学家，却没办法达成自己的愿望，那连我都会嘲笑自己，在自己脸上烙下'虚伪'的字样。"

"你的愿望到底是什么？赶紧说！"松木的口气里带出了些许的不耐烦。

"说吧，别吓着我们哈。"

"快点，快点。"

"那种让人为之震惊的东西，倒正是我想要的。"冈本平静地说。

"到底是什么！太急人了！"

"究竟是什么！"

"插科打诨吗？"

每个人都怼上一句，只有近藤，安静地等着冈本继续。

"有这么一句话：

Awake, poor troubled sleeper: shake off

thy torpid night-mare dream.[1]

换句话说，我的愿望就是，想摆脱噩梦！"

"更是一头雾水了！"绵贯嘀咕着。

"我的愿望不是想探究这不可思议的宇宙，而是对这不可思议的宇宙感到震惊！"

"越发像个谜了！"井山摩挲着光滑的脸。

"这愿望不是要解开死亡的秘密，这愿望是想对死亡本身的事实感到震惊！"

"随你怎么震惊都可以，没什么大不了的嘛！"绵贯嘲笑道。

"我的愿望并非是信仰本身。即便没有信仰，在参悟宇宙人生奥秘的事情上，也要坚持不懈。这才是我的愿望。"

"原来如此，越来越费解了。"松木盯着冈本，好似要洞穿他一样，喃喃自语着。

"不如说，我的愿望就是要把这颗烂葡萄似的眼球挖出来！"冈本不觉地拍案而起。

"爽快！爽快！"近藤情不自禁地提高了嗓门。

"我不想去吃沃尔姆斯会议上，面对王侯将相威武不屈

---

[1] 引自19世纪英国历史学家、评论家托马斯·卡莱尔（Thomas Carlyle，1795—1881）的诗歌。大意为：醒醒吧，苦难的梦中人，赶紧从你那麻木不仁的噩梦里挣脱出来。

的路德之胆。在他十九岁那年，目睹了同窗阿列克西死于雷劈，他却直视对方的眼。那种对死亡奥秘为之震惊的心态，才是我最为渴求的。

"适才绵贯说'随你怎么震惊都可以'，'随你怎么震惊'，这话有意思，可是'震惊'，绝对不可随意而为的。

"我的恋人死了。她从这个世界上消失了。我整个人变成了爱情的奴隶，少女之死，搅得我心绪凌乱不堪。但是，我的悲痛，仅止于对死去了心爱的人感到悲痛，而并没有直视死亡本身这个冷酷的现实。恋爱固能左右人心，可还有比恋爱更强大数倍的力量，加于人心之上。

"这就是习惯的力量。

Our birth is but asleep and forgetting.[1]

正如诗句里所说，我们生到这天地间，从无我无心的少儿时起，便开始经历着万般遭遇。每日看到太阳，每夜望见星辰，这样，本是不可思议的天地万物，反而觉得无足轻重了。生死存亡，天地玄黄，便也成了稀松平常之事。满口的哲学、科学，整个就是把自己置身于天地之外来看待宇宙的。

---

[1] 引自威廉·华兹华斯的诗歌《颂诗：回忆童年获得的不朽信息》（*Ode: Intimations of Immortality from Recollections of Early Childhood*）第五章，大意为：我们的出生，只是沉睡和遗忘。原作的引用有误，"asleep"应为"a sleep"，"forgetting"应为"a forgetting"。

Full soon thy soul shall have her earthly freight,

And custom lie upon thee with a weight,

Heavy as frost, and deep almost as life![1]

就是这个意思！真的！

"总之，我的愿望就是不论怎样，要击碎这层冰霜，想尽一切办法，要摆脱这陈规陋习带来的压力，心存敬畏，仰不愧于天，俯不怍于人。这样，不管你是牛肉主义，还是马铃薯主义，就算你是一个诅咒生命的厌世之徒，我也绝不介怀！

"结果就是不去介怀，因为不想让自己变得虚伪。不想把前提置于习惯之上，去做那些所谓的研究。

"什么月色撩人、风花雪夜、皓月千里一类的辞藻，都是那些口若悬河的诗人，堆砌出来的陈词滥调，那些只是他们的嗜好。他们绝没有看到过真相，看到的只是一些幻影，那些不过是用自己习惯的眼光，制造出来的幻影而已。这是一种感情游戏。无论哲学还是宗教，他们从来不会刨根问底。

"我的一个朋友，曾说过这样的话：'我是谁？（What am I？）去想这种滑稽的问题，不是自寻烦恼吗。不可知的事

---

[1]　引自威廉·华兹华斯的诗歌《颂诗：回忆童年获得的不朽信息》第八章，大意为：很快，你的灵将吸入尘世的重，有分量的习俗也会压迫你的心胸，沉似冰霜，深如生命。

情，说到底终是不可知的。'为此，他很是嘲笑了一番。恐怕世人多是如此，但此一问的出发点，并非是为了寻求答案，实是对我在天地间的不可思议感到痛楚，从而发自内心呐喊。这问题本身，就是来自心灵的诚挚呐喊。对之加以嘲笑的人，就是麻木不仁者的自白。我的愿望更不如说，是怎样能使自己由心而发地提出这样的问题。可惜，说起来简单，但很难发自内心去提出疑问。

"'我从何处来，我往何处去'，虽说这已是老生常谈，但正因为一切宗教之源，皆是由心而生，这种问题，想不问都不行，借诗抒发亦是同理。除此之外一切皆为游戏，皆为虚伪。

"行了，不说了！于事无补，没有任何益处，说得再多也没用……唉，伤神！容我最后再补充一句，我把人划分为两类，一种是出类拔萃之辈，一种是平庸之人……"

"那我是哪类人呢？"松木笑问道。

"自然属于平庸之辈啦，在座的七位，无疑都属于平庸的凡人。全世界十几亿人中，有几人是不平庸的呢？诗人、哲学家、科学家、宗教人士，包括学者、政治家，大凡是平庸地自说自理，一脸的痛彻思悟之象。我昨晚做了一个梦。

"梦见自己死了。独自踯躅在死亡的暗路上，不觉惊道：'真没想到自己会死呀！'说实在的，真是脱口而出。

"于是我想：谁没参加过父母子女的葬礼，即便如此，现在轮到自己站在鬼门关前，'真没想到自己会死呀'，恐怕人人都会这么不自觉地喊叫起来，让鬼耻笑。哈哈哈哈……"

"常说吓人一跳，打嗝就会停下来。本来可以平心静气地吃牛肉，你却非要标新立异去感叹，真是个好事之徒呀。哈哈！"绵贯揉着圆滚滚的肚子。

"嗨，嘴上说是想去吃惊感叹，也只是说说罢了，哈哈哈哈……"

"啊？只是嘴上说说而已呀，哈哈。"

"这样啊！就是说出来，给别人听一下而已喽，哈哈。"

"哈哈，我还是一个享乐派嘛……"

冈本与众人齐乐。但从冈本的脸上，近藤看出了一丝不易察觉的苦痛。

初刊于《小天地》

明治三十四年（1901年）

汤原温泉

内山君足下：

"为何猝然离去？"阁下如此询问，自是理所应当。看来，在下的不幸，该向阁下直言相告了。不过，这许是自己的幸运，也未可知。但此刻，在下的心里，缠绵悱恻之情，难以排解。如若此事真为在下之所幸，恐唯日后方可知晓。但即便日后得知，事实本身，也让人苦不堪言。于这种幸运，在下不知也罢，实是往事不堪回首。

"这里有一位少女。"小说的开头，总是如此。对于此类恋爱小说，批评家多已表现出不胜其烦。可这在年轻人之间，实际上确乎是如此开始的，也是不可悖逆的。在下理应满足批评家的嗜好，但谢天谢地，幸好没有给在下及人类创造出这一种悖谬的念头。

此去十三日的夜晚，在下独坐桌前，无精打采，若有所思。十点已过，屋里的人已全然睡下，窗外小雨淅淅沥沥，下个不停。没有父母兄弟，孑然一身的自己，在这样的夜晚，难免百感交集，更何况又租住在公寓里，正所谓"半夜灯前十年事，一时和雨到心头"[1]。愀然之情，让人难以忍受。在下只觉得悲从心来，痴痴地凝望着灯伞。这景象，阁下自可想象一番。

此时，蓦地想起了阿绢。阿绢啊，阿绢，你恐怕不知道，这个名字于我，意味着知己。不仅你全然无知，就连我的朋友，知之者也寥寥无几。这个名字在我心中回荡起的，是一种深沉、亲切和温存。"这里有一位少女，她的名字叫阿绢。"我要用这样的语句，大书特书，来讽刺那些小说批评家。

每每想起这位少女，"恋恋不舍""想看着她""想见到她"，种种情丝，不禁油然而生。无论你怎么说，事实便是这样，谁都无能为力。同此天地间，爱我的，以及我所爱之人，唯此少女。这种情愫，让人身不由己。啊，这就是"躁动之心"吗？为何热爱自然的心，就是清纯、高雅的，而恋上少女的心，便成为"躁动""下作""卑劣"了？我简直有种痴妄，多希望把这个世界上的伦理学家、健全先生、批评家，诸般货色，通通都放逐到这个地球以外去！西印度猛烈的火山呀，你灼热的烈焰，为何不灌注到此类无赖的头上去！

---

[1]　引自唐代杜荀鹤的《旅舍遇雨》。

我想起阿绢给我削的梨，我独自泡在浴缸里，她就那么静静地拿了进来。我想起了我们二人，在溪流旁，信步漫游。想起了她的柔声细语，她的天真无邪，她的嫣然浅笑。我不禁一扶桌案，失声喊道："明日一早，我便要出发！"

阿绢，此乃何许人也！莫要惊慌，她既非艺伎，也非花魁，不是穿着海老茶袴[1]的女官，也不是挽着岛田髻[2]的姑娘，她并非美人，也非丑女，她只是一个普通女子，只是汤原温泉中西屋的一个女佣而已！就如同此刻正在屋中执笔疾书的我一样，她不过是一个居家女佣！她是乡下农民的女儿！她是身在小田原，却懂得大都会意趣的乡村女子！和她相识，是在去年夏天，想必你也了解，当时，在下大病初愈，红十字会的大夫建议我疗养生息，于是便来到汤原，在此乘闲幽栖两个月。

十四日一早，我草草收拾完毕，离开了公寓。在银座置办了些女孩子喜欢的衬领、簪子一类的物品，我坐上了火车。迄今为止，女孩子应该会喜欢的衬领，我还没送过一

---

[1] 明治时代女学生喜穿海老茶色（绛红色）和服裙裤，因当时将式部局中掌管仪式、庶务的女官称为"式部"，因而也称作"海老茶式部"。"海老茶式部"后成为一种对女性的戏谑称谓，主要在明治三十年代广泛使用。

[2] 岛田髻为日本常见的一种发髻，多见于未婚妙龄女性、艺伎或花柳界的游女之中。

件。想到收到礼物时，她的那股兴奋劲儿，我就不由得欣喜若狂。简直是虚荣家！在这世上，以虚荣来定夺是否给女孩子送礼的大有人在。而我，向所爱的乡村姑娘，呈上的这份区区薄礼，乃是由心而发！

昨夜的雨已经停了，空气湿润，天空的云朵缓缓飘浮。还有什么能比夏初的旅行更让人心情愉快的呢。时至今日，在这样的季节里，我也曾多次出游，然而不曾有过这等心情。那是何等的幸福呀！满腔的喜悦，让人心花怒放。我不禁遐想联翩，今夜就可以见到那个她，今夜就可以泡上清澄的温泉水。啊，趁此好时节，出发吧。

出了国府津[1]，阳光从云端透射下来，青山、绿野、翠林，熠熠发光，让人为之一振。愉快！火车轰隆隆地穿过函岭，万壑绵延，扑面而来，凛然令人崇仰！淡淡轻云，悠悠地笼在海面上，海鸥飞处，激起浪花无数！浮云蔽日，薄薄的云影，罩上绿野，覆在海面上，转瞬间云散天晴。此时，我再也不认为自己是不幸之人了，我也没有资格，不敢当那厌世之人了。

每次来到小田原，我总是感概万分。人生在世，自当居

---

[1] 国府津位于神奈川县小田原市东部地区。国府津站为海边车站，火车离开国府津站，窗外便是开阔的相模湾。

住于此。此处有古老的城堡，巍峨的青山，水天一色的大海，还有那绿阴如盖的树林。我幻想着，仿佛寄身山水之间。在此地永久居住下来，其实也并非全无可能。

从小田原再往前走，就要换坐通常乘坐的人力轨道车[1]。为了能尽早抵达汤原，我甚至舍弃了最为钟爱的小田原半日游。下了火车，吃罢午饭，便径直坐上了人力轨道车。一坐上车，感觉好似愈发靠近了汤原。这趟人力车的目的地是热海，沿途经过伊豆山、汤原等温泉胜地。有意去泡温泉的人，大概都会有这般同感，乘上此车，便已高枕无忧矣。

人力轨道车徐徐驶离了小田原。我探出头去，深深凝望着眼前的景物。忽然传来一阵高亢的喇叭声，车身倾斜，疾驰俯冲而下。天空万里无云，海风横扫车窗。回望街道，旅店的幌子上，唯见旗杆白影幢幢。

我回头看向行进方向，忽见沿着轨道，走着三个乡下人，他们从小田原的城下出来，一身旅装打扮。穿红衣的是个姑娘，白衣打扮的自是她母亲，而衣襟束在腰间，身子板颇为硬朗的，应该就是她的老父亲了。他们好似要给人车让道，

---

[1] 一种靠人力推动，运送人及货物的轨道车。一辆车厢可以乘坐六人，由两三个车夫推动。明治二十九年（1896年），开通的热海小田原线（25.6千米）使当时的文人政客得以方便地到达热海地区的温泉疗养地。大正十二年关东大地震导致轨道断裂，次年停运。

站在一旁，看向车内。"哎呀，是阿绢！"刚一反应过来，车子驶过，三人恰好来到了窗下。

"阿绢！"我不假思索地挥了挥手。阿绢莞尔一笑，"唰"地一下红了脸，向我微施一礼。人与车之间，相望之下，慢慢拉开了距离。

如若车内没人，我定会捶胸顿足，把帽子狠狠摔在地上。可我面前坐着的，是一位不苟言笑的官员，我唯有垂头丧气，抱臂沉默的份儿了。

显而易见，阿绢已经不在中西屋做事了，她要回到老家，操办一下，准备做新娘了。去年夏天，她跟我说："这儿的姑娘，给我介绍了一位小田原的女婿……"我原以为这只是个玩笑，啊，果真如此呀！念及此，我不禁万念俱灰。简而言之，什么青山绿水，大小岛屿，与我何干！波涛汹涌的景色，又待如何！到此刻为止，让我身心为之荡漾的大自然，转瞬间变得乏味无比。此时的我，与之前仿佛判若两人。

汤原温泉于我，是如此的亲切，即便没有阿绢，此地也定会让我乐而忘返。然而，识得阿绢在先，没有了她的身影，这里的一切便索然无味。人车颠簸起伏，想到要把我送去那孤寂的溪间，心头之苦，难以诉说，可是现在已然无法回头。那日下午五点左右，我终于来到了旅馆。因我的到来很是唐突，让店主人始料未及。老板是个忠厚之人，对我仍是热情相待。我泡在热气腾腾的水里，这时进来了一个女佣。

"小山先生，真是对不住了。"

"何来此言？"

"阿绢不是已经走了吗？"说罢，一溜烟儿地跑开了。何其哀哉！这俨然就是我的失恋宣言！失恋？骇人听闻。难道我恋爱了？这岂非是梦？可即便在梦里，我和阿绢也并未有什么瓜葛，我想阿绢对我，应该也没有反感，除此以外，该是没有其他想法的。

是夜，一众女佣聚集到我的房里，店主的女儿也来了。闲聊中，谈及了阿绢，"她很快便要嫁去小田原了"。听闻此言，我只感觉到命数已定，让我心烦意乱。一种难言的不快，使人愀然不乐。难不成真是失恋了？阿绢是我的，唯有自己才能爱的，这想法，竟是何时冒出来的？

礼物分给了女佣和店主的女儿。大家皆是欢天喜地，我却对此无动于衷。

翌日下起了雨，清晨开始，淅淅沥沥下个不停，愁云惨淡。溪水上涨，哗啦啦地躁动不停。午饭时，店老板的女儿把饭给我端进屋里，面带笑容地看着我，我也不得不回以微笑。

"想见阿绢啦？"

"真是说笑。去年承她如此费心照看，想见见她，不是情理之中的吗。"

"那给你们安排一下？"

"如此就太感激不尽啦，有劳了。"

"明天阿绢肯定会来店里。"

"她来的话，麻烦相告一声。"此话我并未往心里去。姑娘只是静静地伫立一旁，面含微笑。其实阿绢和这个姑娘是表姐妹。

午后，雨停了，天依旧没有放晴，阴云笼罩。涓涓溪流，显得愈发逼仄，我犹如身陷囹圄。坐在房间里，无所事事，我怔怔地望着窗外。忽而一晃，眼前似有人影转瞬即逝，而后又被隔壁的房檐遮挡住了，那像是阿绢。我立刻冲出了房间。

街上磐石林立，满目萧然。这里的温泉旅馆只有十家，镇上的居民也屈指可数，能称得上做买卖的店铺，更是寥寥无几。这条溪谷，竟是如此的惨淡空寂！想想看，在这烟雨朦胧之时，目之所及，一切景象皆光泽尽失，该是何等的萧索吧。我沿着溪流，漫无目的地走在这萧瑟的街道上。下行二三百米，再拐上去百来米，便有一座上了漆的小桥，能够想象我走在上面，是何等心情吗？倚在温泉旅馆窗畔，向外眺望的人，个个愁眉苦脸；屋檐下背着孩子的姑娘，看上去病殃殃，背上的孩子，也是抽嗒着哭个不停。压抑！无聊！

孤独！眼中的一切，无不悲凄愁苦。

我没有见到阿绢，这一点不足为奇了。

次日，尽管是阴云密布，我执意不听店里人的劝说，谢绝了结伴同行的好意，一意孤行出了旅馆，独自去登十国峠。山峰缥缈在云端，我依旧是不管三七二十一，打算踏云而上。

我从未遇到过如此凄凉的光景。脚下灰色的云海乍隐乍现，变幻不定。草野上狂风大作，在耳畔呼啸而过。浊云连绵不绝，望着一山又一山。天地间，唯我一人，听不见鸟儿的啼鸣。我在绝顶之上，寻得一块大石，稍事休息。此刻唯有感叹，如不曾有爱，便不会失去。这般凄怆，我无法忍受，终究为此生的孤单，流下了眼泪。

归途，在穿过黑漆漆的密林时，脑子里竟有了一种古怪的想法。如若我不慎跌落溪中，意外死去，中西屋的人见我迟迟未归，必定会骚乱不安，雇上樵夫四处找寻，一旦发现我横尸溪谷，定会给东京电报，你或是淡路君便会马上赶来，将我火化安葬。从此，人世间就再没有小山某这号画家了！念及此，我停下了脚步。头顶上，吧嗒吧嗒的水滴，从繁茂的枝叶上掉落下来，墓穴一样的河床，水流湍急，发出轰隆隆的共鸣，让人不禁毛骨悚然。

看到我回来面如死灰，旅馆的人是何等的震惊啊。但更让我惊诧的，反倒是这一天阿绢来过了，下午又回了娘家。

当晚我发起了烧，到今日已是三天，尚未痊愈。恐是登山时外感些许风寒了吧。

阁下，我知道阁下不是现时评论家，但想必你还是可以听一听，这个躺在床上呻吟了三日的人，那一刻所思所想的一切吧。

爱情有种力量，是一种让人无法抗拒的力量。如若对此不了解，妄想加以压制的人，必定是没有感受过此种力量的强大。看看那些曾经为爱苦闷不堪的人，经过一定的时日，他们平复了心情，恢复如初，竟然不明白自己当初为何被爱折磨得死去活来了，就此对自己产生了怀疑。简而言之，这类人还不曾感受到爱情的力量。如果一个人，自己都不曾感受过爱情的力量，又如何能理解他人的爱情、他人的欢乐、他人的苦痛呢？

那些讥笑被爱所困的人，还是不要被奇谈怪论似的传闻、学说所迷惑吧。恋爱是人之常情。对此冷嘲热讽的人，你们可以活上千百万年，可惜的是，宇宙在伺机待发，转瞬便会将你们吞噬。顽固的人啊，还想要驾驭这不可思议的宇宙，看看诸公的嘴脸吧，不禁让人嗤之以鼻。奉劝诸位，不妨以认真、谦逊、严肃的态度，放眼人生，纵观宇宙天地吧。

取笑爱情的诸君，毕竟是取笑人类。比起诸位所想，人是一种神奇的动物。如果连存在于人心中的爱情，都要加以嘲笑，抱有疑虑的话，人活一世，还有什么价值，那岂不是没有比人心更加虚伪的了？月夜，听一曲笛声，诸君心中倘若还能浮现出"永恒"的光影，那就相信爱情吧。如若诸君自觉与中江兆民[1]先生志同道合，纵横天地间，便由此满足的话，又有何权利感叹，"春天何其短，生命更有何不朽"[2]，有何权利来干涉诗人的自由呢？打着"青春无二"的旗号，却用来满足自己所有的肉欲，竟还有脸去干涉青年男女的自由？

内山君阁下，在下就此搁笔。就像这样，对于爱情，在下感激涕零，这许是失恋带给我的恩赐吧。后天返京。

途经小田原时，在下会是何等心境呢？

小山生

初刊于《山比古》
明治三十五年（1902年）

[1] 中江兆民（1847—1901），日本明治时代哲学家、社会活动家，自由民权运动理论的指导者。

[2] 原文引自与谢野晶子的短歌《春思》。

富冈先生

一

　　只知道这地方从前是某公爵的旧领地，其他更多，则不清楚。现如今，像侯、伯、子、男爵这样的新华族，雨后春笋般层出不穷，可同处维新风云之巅，只因一念之差，从云梯上跌落下来的，莫说是男爵，能坐上县知事的交椅，都是不可多得的人。最后只得两手空空还乡，老朽以终者，不乏其人。大凡这类人，多是矜奇立异的一类怪人，顽固、执拗、自负。富冈先生不失为其中一分子。

　　说起富冈先生，不仅这一带无人不晓，怕是在东京的侯、伯、子、男爵中，也是家喻户晓的。每每提起他，大家总会紧锁眉头："哦，那个家伙呀！"富冈先生就是这样一位知名的老人。

　　那么，身居故里，先生以何为生呢？他拒绝了四方亲朋的照顾，独自在广袤的田野上安了一个家，虽说家宅五间，却冠以某某私塾之名，招收了乡邻七八个青年，教起了汉学。家务全权交由小女儿和一个老仆人打理。

小女儿名叫梅子，尚在六七岁时，便已容貌出众，大家常在背后议论：这女子长大后，必定出落得貌美如花。果不其然，一年胜似一年的漂亮。梅子十七年的青春虚度，待到她十八岁的夏末，在东京来说，也就是新学年即将开始之际，一个法学士——大津定二郎，归省了。

从富冈先生某某私塾出来（自然是边上小学，边学着汉学），念了大学，而且还顺利毕了业的，有这么三位。这三人心下都已认定，梅子小姐终究会是自己的人，对此，旁人大多也都心领神会了，自然没有谁会提出异议。只是三人中，最终谁能抱得美人归，把梅子小姐带去东京呢？对此事心心念念、翘首以盼的青年不在少数。

回乡省亲的法学士大津定二郎，就是三人之一。从某岭以西，到某河边，直到某镇、某村、某地，家家户户拉闲散闷的话题里，这回又新添了一项可以津津乐道的事情。"大津的儿子这次回来，是迎娶梅子姑娘的吧，一切顺利的话，后面那两家——高山家的小文和长谷川家的儿子可就要失望啦。""哪里的话，在乡下，梅子姑娘的确是个美人，可在东京，这样的姑娘一划拉一大堆，后面那两个小子，对梅子姑娘可不见得有那么稀罕哦。"女人们七嘴八舌，议论纷纷。

某日傍晚，一个身着西服的文雅年轻绅士，在富冈先生家门外踯躅了一会，再三窥探，最终进了门，站到了玄关前。

"劳驾。"他声音有些发抖。

"去看看谁来了！"里面传出怒气冲冲的声音，一听便知是富冈先生。

纸门轻轻地拉开了，出来的是梅子。绅士和梅子的脸同时红了。梅子勉强点了个头，又进到里面。

"啊，大津家的阿定来啦？快叫他进来！"先生粗重的嗓门清晰可辨。

梅子带路，大津进到了久别的富冈先生的起居室，他曾在这里学习过汉学，大学期间，每逢夏季还乡时，他也都会前来拜访。

老汉学家与新法学士之间的谈话，无外乎如下内容：

"噢，大津，回来啦。"

"算是学业有成，法学士毕业了。"

"那又怎么样呢？嗯？"

"已经定下来去内务省工作了，是江藤先生帮的忙。"

"哈，是吗，那是值得恭喜的喽。不过你说的江藤是谁？"

"就是江藤侯爵……直文先生。"

"哦，三辅啊！原来如此，三辅的话，你就直说是三辅好了。他现在身体还好吗？"

"还是那么健康！"

"嗯，那就好。狂之助怎么样？"

"他也好。"

"是吗。下次见到，代我问候！"

"我知道了。"

"跟他说，有空就写写信，摆什么侯爵架子呀，别把老士族都忘啦。成天低三下四、点头哈腰的，简直有辱我富冈私塾的门风。有什么事儿，就直接跟我说，我一封信过去，他们是不敢不听的。"

大概就是这么个感觉。富冈先生说起话来，还是一副气定神闲的模样。不一会儿，大津告辞，梅子送他到玄关。大津瞥了梅子一眼，只说了声"再见"，就匆匆出了门，深深舒了一口长气。

"没用的家伙，还是那么狂妄自大。梅子也够倒霉的。哼！把别人都当成傻瓜！"他走在昏暗的田野里，嘴里嘀咕着，可心中却无法平静。

五六天后，传闻大津定二郎和黑田的女儿订婚了。闻者皆颇感意外，而事实正是如此。地主黑田的女儿玉子，容貌上虽远不及梅子，但从县立女子学校毕业，恰好回到家的当口，经朋友极力撮合，定下了与大津的婚事。如此一来，便有好戏可看了，这又引发了那些长脸青年的一番高谈阔论：

"接下来就看长谷川和高山两家一争高低啦，梅子姑娘究竟花落谁家呢？"

而此时，大津法学士突然提出要尽快完婚，回京旅途就算是新婚旅行了。听罢，不光大津家，就连黑田家，顿时也是喜气洋洋，忙得不可开交。这两家在乡里，都算得上是上流人家，送礼祝福的人纷至沓来。在乡下办喜事，可不是城里的岩崎、三井家可比的，为准备这场婚礼，两家使出浑身解数，忙得不亦乐乎。

终于到了晚上要举行婚礼的那天。当日下午三点左右，村里的小河边，靠近入海口附近，枝繁叶茂的柳荫下，有两个人在垂钓。其中一人是富冈先生，另一人是村里的小学校长细川繁，他也曾是富冈私塾的门生，是个二十七岁的年轻男子。

两人相隔数尺，垂着钓竿。夏末秋初，斜阳映照下，远村近郊的小丘林间，无一不沐浴在阳光下。二人背负夕阳，斜扣在头顶的草帽、白色的和服，都辉映在落日的熠熠里。

两人好像都各揣心事，不大开口。忽然，校长细川转向富冈老人问：

"先生，今晚大津家的婚礼，您接到邀请了吗？"

"嗯，接到了，可我不打算去！"先生依旧用那粗重的嗓门回答着。其实他并没接到邀请。不知大津怎么想的，居然没有邀请自己旧日的恩师。

"你怎么样？"

"这阵子大津很少和我来往，自然也就没有邀请我。"

"就算请了你，也别去。这种轻薄之辈，哪个笨蛋会去？黑田家的姑娘嫁给他，真是可惜了。相比之下，同样上过大学的人里，高山和长谷川的人品，的确是胜他一筹呀，尤其是高山，更是未来可期。"

细川繁默然不语，只是紧紧盯着水面。富冈老人也是一言不发。

过了一会儿，河对岸传来两三人的说话声。柳荫遮盖下，虽看不清对方的身影，但帽子和洋伞，在树影间隐约可辨。从声音判断，其中一人显然是大津定二郎，另一人是他的朋友某某，再有就是黑田家的掌柜的。富冈老人和细川繁不假思索，竖起了耳朵。那三人兴致勃勃地大声说笑着，正好走过两人的对岸，全然没有注意到河那边还蹲着两个人。

只听黑田家的掌柜的说："人家可都说啦，你对富冈家的梅子姑娘很上心呀。"

"胡说八道，简直是瞎扯！梅子小姐固然很好，可要给那顽固的老爷子做女婿，还是饶了我吧！哈哈……梅子小姐也自认倒霉吧，摊上这么一个狂妄自大的爹，一辈子都出不了头啊！"这话明明白白是出自大津法学士的口。

三人一时捧腹大笑。富冈老人"噌"地一下站起身，扔掉手上的鱼竿，冲着三人的方向，横眉怒目，一声爆吼："混蛋！"凄厉的嘶喊，久久地回荡在河面上。

对岸的三人着实吓了一跳，待回过神来，赶紧压低了嗓门，快步离开了那里。

富冈老人瞪视着对岸，直到听不见三人的脚步声，才把目光投向了远处的秃山。长满了矮松的山丘，静静地沐浴在阳光下。即便在这和煦的阳光里，大自然的景物，也无一不显出秋的寂寥，宛若要勾起人的哀愁。这位身材高大、健硕的老人，目不转睛地望着眼前，不时眨巴一下眼睛，刚才的气势，不知何时已去。他垂头丧气地转过身来，对细川繁说：

"喂，我说，到时把这些东西给我送回去吧，我先回家了。"

丢下一句话，扬长而去。校长细川独自留下，虽觉得没意思，可依旧垂着鱼线，事实上，他是在那里冥思苦想呢。过了一会儿，便也无精打采地收起丝线，从水里提起鱼篓，拿上先生的东西，扛在肩上，向离此不远的富冈家走了过去。

进了院子，老仆人仓藏看见他，便低声问："老先生这是怎么了？"

"没怎么呀。"

"可有些不对劲儿呀，我以为出了什么事儿呢。"

"先生现在做什么呢？"

"已经躺下了。把小姐叫到枕边，不知小声在说些什么……"

"是吗。"

"来吧，进来坐一会，晚上再走。"

"不了，晚上我再过来。"

细川自己扛着鱼竿，提着鱼篓，快快不快地回了家。此时四点已过，家中老母正在纺线。

当晚八点左右，正好是富冈老人平日里喝完酒的时间，细川校长登门拜访了。田间小路上，随处可见一闪一闪的灯笼光，那是因为大津法学士要在今晚举行婚礼了。校长路遇了两三个受邀前去贺喜的人，既然相识，总要三言两语应酬一下，可他心里却不是个滋味。

来到富冈先生家，只见大门紧闭，里面悄然无声，校长觉得奇怪，可又没什么要紧的事儿，不至于上前敲门，便徘徊左右，低头沉思着。没过多久，老仆人仓藏沿着田边小路，急匆匆地回来了。

"仓藏，先生已经睡下了？"

"哦，是细川先生呀，老先生刚刚出发去东京了！"老仆人上气不接下气地喘着，站在了细川面前。

"去东京了？！"细川的声音，如鲠在喉。

"是呀，去东京了！"

"啊！这是怎么回事儿呀！梅子小姐呢？"

"一起去了。"

"这到底是怎么回事？"校长惊诧万分，一种说不出的苦痛涌上心头。只感觉心神不定，焦躁不安。仓藏开了大门，"先生请进吧。"

校长跟在其后进了门，一屁股坐在了门廊上，恍恍惚惚如失了心神。

"先生也什么都不知道吗？"

"我能知道什么？今天我们一起钓鱼，老先生什么也没讲啊。"

"是吗？"仓藏露出了疑惑，抽起了烟来。

"你也不知道是什么原因吗？"

"老先生只对我说'仓藏，快把这个给村长送去'，我就赶紧把信拿给了村长，回来一看，老先生已经把行李都收拾妥当了，我又立刻送他们去了火车站，这不现在刚回来嘛。我能知道什么呀？"

"嗯，"校长沉思了一会儿，问道，"有没有说过什么时候回来？"

"老先生倒是说十天左右就回来，可也拿不准……"

"是吗……"校长长叹一声。

"我改天再来。"校长从富冈家夺门而出，直奔村长家去。村长是个四十来岁通晓事理的人，在村里很有信誉，同时也很有财富，遇事校长总喜欢和他商量。

"富冈先生去东京的事儿，你知道吧？"细川校长屁股还没坐定，便开口问。

"我知道。仓藏刚才把先生的信给我送来了，说他不在的时候，家中大小托我照看。"村长从被子里只探出个头。大津的婚礼的确邀请了他，可他因感冒无法出席，只得躺在床上。

"因为什么？怎么突然决定上东京去了？"

"这个……信上倒是没写，不过猜都能猜出来吧。"村长狡黠地一笑，眼睛却不住地往细川脸上打量。他早就看透了细川对梅子的那份相思。

"我想不明白。"校长叹了口气。

"这有什么不明白的。大津不是娶了黑田家的小玉吗，这样一来，富冈先生可不就失算啦。估计他心里想：你有你的主意，我自有我的盘算。于是带上梅子姑娘上了东京，打算和江藤侯爵或井下伯爵做番周旋：'喂，井下，我女儿就拜托你啦。'"

"是这个意思吗？"

"当然是这意思！你看，平日里先生开口闭口的，称赞的都是高山，大概跟井下伯爵传达的，就是有意把梅子姑娘推给高山吧。好在高山本来就对梅子姑娘有意思嘛。"

"是吗？我不知道。"细川声音有些颤抖。

"那还用说！先生不正想给大津一点颜色看看吗？你想想，先生现在已经够衰老了，早些把梅子姑娘安顿好，他也能如释重负，走的时候也就能安心了。"

村长一副稀松平常的口吻，好像一切都是理所当然。之所以如此，也是想让细川趁早死了这条心。

"是这个道理呀。这么想想，感觉先生的日子真是不长啦。"校长无力地说了一句，没过多久，就告别了村长，回家了。

可怜的细川繁！他彻彻底底地失望了。失望中，掺杂着一丝恼恨。脑子里挥之不去的只是"如果我要是学士的话……"小学时，他的成绩总是凌驾于大津、高山和长谷川之上，即便在富冈私塾，他也是出类拔萃、备受先生喜爱的。然而，由于家境贫寒，无法继续读中学，只得进入官费出资的师范大学，毕业后当了一名小学教员。论天分，自己绝不在那三人之下，可现在，不论富冈先生嘴上怎么说，其实在他心里，仍觉得大津、高山之辈乃凤毛麟角，连梅子小姐都宁愿拱手相送！对爱情的失望，已让他倍感遗憾了，可他还是不得不忍气吞声，强行把这份恼恨咽下去。

然而，天性笃实又极能隐忍的细川，虽有这般苦闷堆积于心，但在校长的职务上，却没有丝毫的懈怠。他一如往常，平静地指导着五六位教员，耐心教育着数百名儿童。可隐隐的哀愁，却如影随形。

二

富冈先生突然进京的一周后，由梅子相伴回家了。"刚刚到家，今晚请前来一叙。"细川校长看到老先生的信，不禁茫然四顾。

他抱着各种不切实的幻想，急匆匆地赶了过去，村长已然在坐，正是酒酣耳热。梅子姑娘依旧是那般笑容，为老父亲斟酒酌菜。

"呀，细川，这次突然的不辞而别，让你吃惊了吧。其实我带女儿上东京，就是想让她长长见识。本想住上十来天的，可净是碰上一些让人恼火的事情，住了三天就走了。这儿正跟村长聊着呢，咱们那些住在东京的同乡，都不是什么省油的灯，没一个好东西。"

校长如坠烟海，一头雾水，茫然无语，只是在富冈先生和村长的脸上来回打量着。村长嘴角挂着一抹狡黠的微笑。

"嘿嘿，你听我说吧，这次我带着女儿，去了井下闻国和江藤三辅家。你说说，特地从故乡带着女儿去看他们，他们怎么也该有所表示吧，可我真没想到呀！这帮家伙竟然摆出一副爵爷的架势，那种高高在上、傲慢无礼的态度，真是闻所未闻。我也心下起火，半个钟头都待不下去，就回了旅馆。"说着，把酒一饮而尽，又把杯子递给了校长。

"他们这种人，就是这副嘴脸，这也就罢了。可最让人无法忍受的，是高山和长谷川这两个家伙。喂，细川，你知道吗？这两个家伙太不地道啦，简直和大津一个德性，狂妄自大，自以为有点儿小聪明，就看不起人了。凭他这么大点儿的芝麻绿豆官，就颐指气使啦！我算是看透他们了。我正气不过，打算收拾行李马上回去的当口儿，高山来了。看到我的举动，他倒是一脸的惊愕，对我说：'既然已经带令爱来了，拜托井下伯爵帮忙照看一下，岂不更好'，还告诉我，井下伯爵同情我，说过'要是连他的女儿都不管的话，富冈也未免太可怜了'。我二话不说，就给他脑袋上来了一下，对他一顿痛斥：'什么？连你都来可怜我吗？因为可怜我，才要我把女儿留下来吗？混蛋！'"

"后来高山又说什么了？"校长只张口问了这么一句。

"他还能说什么？满脸通红，吓得一路小跑，溜掉了。我也就马上离开了东京，哪儿都没去绕，直接就回来了。"

"简直是太过分了，好不容易过去一趟。"校长怯生生地说。

随后，富冈先生的情绪越发激昂，又搬出了陈年旧事，把如今的侯、伯、子、男爵都挨个儿数落了一遍，村长适时地告辞了。无奈，校长只得强忍着，充作老先生发泄的对象，直到他骂够了，喝倒了，才敢离开。临走时，梅子一直送他到玄关，校长脸上不由自主地挂上了一抹微笑。一走上田间小路，多日来的重负，好似卸去了一般，飘飘然地回了家，自己竟恍然不知是如何回来的。

三

又过了两天，东京的高山法学士，给村长寄来一封信。大致内容如下：

富冈先生此番上京，突然返回，让晚生好不惋惜。先生还是一同从前，精奇古怪。不仅我们，就连各位前辈，也绝无怠慢之意。然而先生却是多心了，好像颇为恼怒，真让人头疼，不知该如何应对。说句心里话，我本是打算娶梅子小

144

姐的，特意请井下伯爵把梅子小姐挽留住，好从长计议。不承想，先生的突然回府，打乱了我的全部计划，一切都化为泡影，甚是遗憾。我非常爱慕梅子小姐，绝不仅因为她容貌美丽，而是她有现今女子身上少有的温婉性情，这点想必您也认同。在东京，我见识过许多大家千金，却从没见过像梅子小姐这样亭亭玉立、为人质朴、没有恶癖的人。要说女子该拥有的柔顺、恬静、优雅的品质，梅子小姐绝对是集于一身了，相信这点您也赞同吧。如果非要说她有什么缺点的话，恐怕就是少了些刚强。但人无完人，过于追求完美者，反而愚钝。作为女子，梅子小姐已几近完美，欠缺的那点刚强，反倒让我觉得，是梅子小姐品性里，更多了一层韵味。这样说，我绝无轻浮之意，而是满怀真挚的敬慕。为此，想借您一臂之力，在老先生面前，帮晚生多美言几句。真没有像老先生这样难以驾驭的人了，因此还劳烦您巧作安排，我这边好再去拜托井下伯爵，把一切办得井井有条，滴水不漏。就此，多为拜托。

只是一点，和富冈老先生谈及此事时，务必把握好时机，急则生乱。这一点上，相信您应该会做得万无一失的。本来，老先生的性情也是和大家一般，应该是个明事理的人。而当他的耐性偶遇维新之时，却让他走上了歧路，本该到手的功名不翼而飞，同辈晋升为侯爵、伯爵，晚辈也当上了子

富冈先生　　145

爵、男爵，自己只落得成为一个区区乡野老人。正是这些，使他性情愈发暴烈，久而久之，习惯如自然，最终变成了一个难以驯服的人。因此，在老先生心里，总有两股势力在对抗，一个是有着本来面目的富冈氏，另一个是久经沙场而造就的富冈先生。正是这个富冈先生，已经习惯了以暴制胜，总是压制在富冈氏之上。结果显而易见，只要对那个顽固焦躁的富冈先生稍加触犯，富冈氏的希望、他的认同、他的憧憬，立刻就会被击得一败涂地。想必这些您亦了然于心。因此还望多加注意，把握好时机，再行商谈。

村长细细品味了一番这封热情诚挚的长信，决定找准机会，促成这桩姻缘。

三天后的夜晚，村长去拜访富冈老人。本打算见机而行，没承想校长细川已是座上宾，酒一上桌，老先生又是满腔义愤。村长无意久坐，很快便就回去了。

又过了五天，下午两点左右，村长再次去拜访富冈老人，刚到门口，就传来了先生的声音：

"混蛋！就连你也变成白痴了吗？这有什么可奇怪的，蠢货！"

先生的唾骂声震耳欲聋。村长大惊之下，驻足侧耳细听，正想搞清楚老人是在骂谁，老仆人仓藏蹑手蹑脚地从里面溜了出来。

"喂，仓藏，这是在跟谁发火呢？"村长低声问。仓藏赶紧摇手制止，凑在他耳边说：

"在骂小姐呢。"

"咦？梅子姑娘？！"村长瞪大了眼睛。至今为止，富冈老人对梅子一句重话都没说过。在梅子面前，富冈老人就像孩子一样。现在任谁都看得出，原先那种平和、感情深厚的父女关系，已不复存在，富冈先生好似变了一个人。

"哎呀，这到底怎么了？"村长惊讶地问。

"我也不知道是怎么了，只是这次从东京回来，老先生养成了成天酗酒的毛病，以前对小姐那么好，这两三天，动不动就为芝麻大点儿的事儿，大喊大叫地训斥她。我也不知道该怎么办，很头疼呀。"仓藏一脸沮丧，接着说：

"照这样下去，说句不中听的，先生的日子没多长了……"仓藏眨巴着眼睛。此时传来老先生的声音：

"仓藏！仓藏！"

声音是从起居室走廊里传来的。仓藏加快了语速，声音压得更低，"可是，几乎每天晚上校长都会过来，也就这么一会儿的功夫，先生的心情能够稍微好一些。真是佩服校长呀，不论老先生说什么，他从不反驳，乖乖地听着。慢慢的，老先生的情绪也就好转了……"

"仓藏！仓藏，人呢？"先生粗重的嗓音又传了过来。

仓藏以目示意告辞，急急忙忙地绕回了后院。村长双臂交叉环抱于胸，细想了一下，叹口气，向自家的方向走去。

四

高山拜托的事情，村长一直没有机会说，只得打道回府。校长细川繁几乎每晚都会去拜访富冈先生，一坐就到十点。其间与其说是交谈，到不如说是充当老先生的发泄对象，听他的满腹牢骚、冷嘲热讽和他的自吹自擂。先生近日来酗酒成瘾，正如仓藏所说，言语越发粗暴，脾气越发古怪。尤其是对梅子的态度，更是一百八十度的大转弯，有时张嘴便骂："蠢货！该死的！就因为有你，我都死不了！"可梅子均忍下了，更加顺从地服侍他。

仓藏便道："小姐呀，再没有比你更好的人啦，简直跟菩萨一样，太让人佩服了……"说着老泪纵横。

就这样，不知不觉已到了仲秋。细川繁偶感风寒，接连四五日没有在先生家露面，待到热度退去，某夜七点左右，他出门，前去拜访。

屋里出奇的安静，细川颇为惊讶，走过起居室，看到先生在隔壁房间里，梅子正自一人做着针线活儿。即便细川进了屋，她也不曾抬头，这让细川更为惊讶，仔细一看，只见灯光下清楚地映出梅子苍白的脸颊上大滴大滴的泪痕。校长惊慌地问：

"梅子小姐，你怎么了？"梅子依旧低着头，目光随着针线而流动，一语不发。此时，隔壁屋中传来老先生的怒吼："谁呀？"

"是我。细川。"

"不到这边来，干什么呢？我有事找你，赶紧过来！"

"马上就来。"就在校长起身的时候，梅子突然昂起了脸，泪水吧嗒吧嗒地滴落在膝上。细川大惊之下，反而瞠目结舌，却又不敢停留，径自去了先生的起居室。他感到不寒而栗，坐下时，脸色已变得苍白无比。富冈老人靠在床上，枕边放着药瓶。

"哎呀，您哪里不舒服吗？"细川好不容易挤出一点声音。富冈老人一言不发，一时房间里鸦雀无声，细川感觉呼吸快要滞住了。过了一会儿：

"细川！你上我这里来，到底是为了什么？啊？"

尽管是躺在床上，可富冈先生依旧是咄咄逼人，声音里饱含着嘲讽。细川闷声不吭。

"我说，你到底是来干什么的？是来探望我的吗？还是来讨好我女儿的？嗯？回答！"

校长低垂着头，紧闭双目，咬紧牙关，放在膝盖上的双手攥成了拳头。

"你是盯上了我女儿吧！想把她占为己有，是不是！哼！"

细川紧握的双拳在颤抖。

"想明白点儿吧！你最多不过就是一个乡村的小学校长吧，在我私塾里念过书的高山和长谷川，人家可是学士，这些人我都没看上眼，你好好掂量掂量自己有几斤几两吧！蠢货！"

校长的脸越涨越红。捏紧的拳头上，掉落了几滴泪。张口闭口把侯爵、伯爵骂成那副样子，居然还能说出这种话来。看来比起人品，先生更看重的是爵位呀。"无耻！"他几欲脱口而出，可终是强忍了下来。转头一想，先生能有此番言论，也不足为怪，要想据理力争，与他争辩的话，早在当初，也就不会进出这个家门了。

"嗯，这么说，你真的是想要我女儿啦，说呀！"

校长一言不发。

"坦白吧！要是真这么想的话，就像个男子汉一样说出来！说呀！"

细川猛然抬起头。

"是的！我一直盼着能有梅子小姐相伴左右！"他斩钉截铁地回答了，目不斜视地盯着老先生。

"我要不给呢？"

"我绝不妥协！"

"滚！我不叫你，绝不许来！回去！"老人放下这话，转身朝里睡下了。

细川立刻站起身来，走出了房间。哭倒在地的梅子慌忙起身，送他到了玄关。

"请您不要介意父亲的话……您也知道，他就是这个脾气！"她声音有些哽咽。

"放心吧，我不会介意的。请照顾好先生，自己也多保重……"话没说完，就急急忙忙走出了大门。

当晚，细川回到家已经过了十二点。一直在等他的老母亲还没有睡，看着他铁青着脸，满脸的倦意，搞不清楚他去了哪里，便问：

"该不会是感冒又复发了吧？还没痊愈呢，大晚上别在外面转悠。"

"我没什么事儿。"细川有气无力地说了一句，回了自己的房间。母亲望着他的背影，无声地叹了口气。

五

翌日，细川一如往常地坚守着岗位，但心中却积郁着有生以来未曾体验过的苦恼。

如果仅是被富冈先生骂过两句，心中的苦闷多会想办法化解掉。但这种烦闷不同于苦痛，这是一场战斗，凭他的意志可以战胜吗？

如今他的苦恼，是一种无法化解的困惑，"那晚，梅子小姐为什么哭？被先生叫去起居室的时候，她满脸是泪地看着自己，为什么会露出那种神情呢？自己对先生表明态度时，梅子小姐在隔壁一定是听到了，如果她打算拒绝自己，临走的时候，也不会说那种话安慰自己吧……"

"梅子小姐一定是爱着我的，至少我的这份心意，没有让她感到不快。"这一执念萦绕在他心头，无论如何都挥之不去。"可梅子小姐平时对谁不都是一样的温柔体贴吗？对谁不都是不会表示出特别的感情吗？"这样一想，细川对这一执念又没了足够的信心。可每当他想到梅子抬起头时，望着自己的那双泪眼，像是哀诉，又像是歉意，这一幕使细川神魂颠倒，恍如梦境，那股狂热的爱意，又在心头燃起了熊熊烈火。恋情、惶惑、耻辱，这份苦痛在梦境与现实间时刻相伴，无法排解。

有时他甚至想，要不就托仓藏悄悄给梅子送封书信，表白一下自己的情意，于是半夜两点多，他依旧不睡，奋笔疾书，可再一转念，却又把信给撕掉了。如此这般过去了十天。某日四点多，学校的事情结束后，细川依旧是沉思默想地往回走，经过山脚下，遇见了仓藏，他手里拿着药瓶。

"先生，最近怎么总是看不到您上家里来呀？"仓藏明知故问。

"老先生的病情怎么样了？"校长对仓藏的话避而不答，问起富冈老人的近况。

"近来越来越虚弱了，下不了床，可又不见有什么毛病。不过，看来日子不长了。"仓藏叹息着。

"哦，这样呀。其实一直想去探望的……"校长的声音和脸色都消沉了下来。

"来吧，不用介意。发火时说的那些话，还用……"

"话是这么说……梅子小姐近来怎么样？"他直截了当地问了出来。

"小姐这阵子总是闷闷不乐的，看着真可怜，说真的，小姐太可怜啦……"脆弱的仓藏，眼里又噙满了泪，他转过脸去，望向田边，眨巴着眼睛。

"唉，头疼。先生还是那么爱大喊大叫吗？"

"哪里呀，这阵子总是躺在床上，半睡半醒的也不大开口了。"

"这就奇怪了。"细川歪着脑袋想了想。

"以前也有过这种时候，可不像现在这么没有精神，看来真是要不久人世了。"

"也许是吧！"细川眉头蹙紧。

"而且他像换了个人似的。我看着都心里难过。一向吵吵闹闹的人，还是要吵吵闹闹的本来面目最好。"

"要不，我今晚去探望一下吧？"

"您一定来呀！不用介意什么的。"

"嗯……"细川沉思了一会儿又说，"代我向梅子小姐问好。"

"我知道了，您今晚一定过来！"

细川微微点了下头，两人就此别过。经过一番苦思冥想，又做了一番激烈的思想斗争，是夜，细川校长终究没有去富冈家拜访。

第三天傍晚，仓藏来到了校长家，面色严肃，递到校长手里的，是梅子小姐的一封信。细川惊愕之余，瞪大双眼看着仓藏，尚未回过神来，仓藏已二话不说走远了。

梅子小姐来的信！细川繁的手颤抖了。也怪不得他如此表现，这是前所未有的，也是不可能发生的，不仅是细川，凡是认识梅子的青年，谁又能想得到呢？

拆开信封，内容很简短，只是一封代父而书的信。大致意思是：今晚请务必来我家，切不可误，家父有急事相谈。

细川立刻飞奔前往。"不叫你，绝不许来！"那晚先生的话，现在想想仍是很奇怪，一路上，他在心里反复琢磨着这句话。当他突然想起先生那晚的怒骂时，顿感脚下疲弱无力。

但是，现在"召唤"就在眼前。这股神奇的力量，好似在呼唤着他，推动着他奔跑，他毫不犹豫地推开门进了屋。

进到房间，看到村长也在。先生靠着被子坐在床上，梅子也在座，一眼望去，感觉屋子里的气氛与之前大为不同，每个人都是表情严肃，情绪低沉，不仅如此，空气中还漂浮着一种淡淡的悲愁。

校长殷勤地向在座各位行礼，进而转向富冈老人问候："贵体怎么样了？"

"这次的病，总是好不利索。"先生的声音低沉、衰弱。

"还是要多多保重……"

"恐怕这次我是要和大家告别了。"

"没有这回事的！"细川微笑着安慰着老人。

可老人却一本正经地说："我本是个不见棺材不服老的人，可现在看来，日子是不远了。今天特地喊你来，就想嘱咐你一些事情。"

当晚的谈话一直持续到十点，富冈老人的起居室里，常常可以听到谈话声，常常又是一片寂静，然后又是老人的咳嗽声。

次日，村长的一封长信，送到了东京高山法学士手上，内容大致如下：

接到来信，迟迟未复，实为受托之事，尚未得到时机与富冈老人商量。

前日来函所述，在老人心中，总是有两个人在斗争——富冈先生和富冈氏。的确不假，敝人亦赞同。也就在收到您的来信后，富冈先生的暴力愈发激烈，使得富冈氏终日无从露脸，只恐怕梦里的世界，也已被富冈先生占据了。

这其中是有缘故的。据敝人看，今秋富冈老人突然上京，本是计划让您迎娶梅子小姐的。就富冈先生而言，"东京"实属禁地，一旦去了东京，所见所闻皆为江藤侯爵、井下伯爵或是其他同乡前辈的十足气派，致使富冈先生越发愤懑不平、顽固、偏执，转而变为怒不可遏。他本已把您当作乘龙快婿，可您的举动，却成了他发作的导火索，结果自己撕毁了既定目标，愤愤然回了家。然而，回到家中，想想自己为梅子小姐所描绘的美好蓝图，全部化为乌有，先生越发百思不解，便自暴自弃起来，酒量暴增，肝火亢盛。说起来，倒真是可怜。

敝人亲历：因受您之托，一次拜访先生时，恰逢先生在训斥梅子小姐，声音之大，门外都听得清清楚楚，我以为时乖运蹇，转而回了家。据仓藏讲，那段时期，先生对他的宝贝女儿——那么温顺的梅子小姐，动辄破口大骂。先生的这副样子，你完全可以想象一下，定会让您出乎意外。

正因如此，不仅是敝人，前去探访富冈老人的，实属罕见。其中唯有一人——细川繁氏，想必您也识得此君，此君几乎日日前往，即便给骂得狗血喷头，也在那里好言相慰。

听说近日来富冈老人久卧病床，昨日晚间，我以探病为由前去拜访，想伺机提出您的所托。老人果然躺在床上，久未相见，乍看之下，不觉震惊于老人的气数已衰，但与其说是弱不胜衣，不如说他已意气消沉，回归到了那个通情达理的普通老人，您所谓的富冈氏。更让敝人意外的是，看到我前来，他反而异常欣喜，说正自寻思请我前来一叙呢。聊了一会儿，他托付了敝人很多身后事，看来对于死期，他已了然于心，我不禁感到戚戚然，默然落泪。正觉得这是千载难逢的好机会，刚要脱口而出您所嘱托的事情时，哪知出乎意料，老人竟自己开口，提出了梅子小姐的事。言下之意：我想把女儿许配给细川繁，细川也有此意，起初我还妄加阻止，可细想之下，此桩姻缘于小女于细川，绝对是天赐良缘，为此特意请你来做这个媒人，不知是否能够应允。可您的托付于心，听闻此话，敝人一时竟然语塞，但又一转念，我便欣然接受了老人的交托。

对您来说，敝人感到万般歉意，但细川提出在先，老人均自知悉，这样一来，您所谓的希望就已破灭，敝人亦实在爱莫能助了。细想一下，即便此番由您率先提出，依敝人愚见，恐怕最终还是以细川繁的胜利而告终。其中原委任你想象，想必如此了解富冈先生的您，立刻就会明白。

正如我希望您能如愿以偿一样，也期盼着细川可以称心如意，对此，我并无丝毫偏颇。在您那方，细川的希望既已达成，想必应该为他感到高兴，也会替梅子小姐感到欣慰吧。

敝人所见，梅子小姐对于嫁与细川之事，她本人应该是非常高兴的。

这若非良缘，还能是什么呢？

我既已答应了做媒人，老人便立刻唤来细川，细川随后即到，加上梅子小姐，在座一共四人，老先生面向细川，正式提出把梅子小姐许配与他，梅子小姐也亲口答应，谨遵父命。依老先生所言，婚礼定于十月二十日。真乃是砌墙的砖头——后来者居上。

敝人相信，您定会向老先生以及细川君，表示诚挚的祝贺吧。

六

洋溢着喜庆的婚礼结束了。乡间的秋色，云淡风轻。校长细川繁的院子里，头裹巾帕的新娘，已弯腰浆洗起了衣物。

十一月底，富冈先生终于撒手人寰，他的故土就此失去了一位名人。东京的两三份大报上，都刊出了大大的讣告，二十来行字，用粗大的黑框框起来。为他治丧的人里，除门生高山文辅、亲族细川繁、友人野上子爵外，还有一大串名字排列其上。

看到讣告的同乡，无不感叹："先生终究是走啦。"但多数人则惊异于，此乃何方神圣，竟能刊出如此大之版面。也有些人，对此则全然无知。

然而，此则讣告，实乃先生对这个世界的最后一声怒吼，他的满腔不平和所有的余恨，都借助知己之力，彻底地发泄了出来。同乡的两三位有心人，看到讣告后，不禁潸然泪下。

初刊于《教育界》

明治三十五年（1902年）

画的悲哀

画の悲しみ

没有哪个孩子不喜欢画画，尤其是我，早在孩童时，画画就让我如此地情有独钟。（这是冈本某的开场白。）

也正因为喜欢，做起来才更能成为个中高手。各门学科中，我的画在同年级里，也无人可以匹敌。论起绘画和数学，同学们没人敢来跟我比试，这让我颇为得意。当然，这所谓的得意，也含有竞争的意思。我觉得自己之所以画得好，也是天分使然。只要我独自一人，那必然是在画画。

说到独自一人画画，听上去会以为我文静规矩，其实不然，我很淘气顽皮，这在同学里也是独一无二的。对此，校长束手无策，屡次以退学相威胁，我在学校里，可谓绝世无双。

论起淘气和数学，我在全校无人能比，可极有天分的绘画这项，全校第一的名分，却被一个名叫志村的少年摘了去。这个少年，别说数学了，就是其他科目，在全校也排不上二流，可论起绘画天分，就无人能出其右了，勉强能和他较量一番的，恐怕也只有我一人。其他人则对志村的才能备加推崇，可我对他却没有丝毫崇拜之意，"走着瞧吧"，我只是不断给自己鼓劲儿，激励自己。

本来，论年龄，志村是我的兄长，年级也就比我高了一年，可我学力优异，本该被平等对待的两个人，校长却对我另眼相看。这样一来，志村自然就成了我的竞争对手。

然而，论起全校谁最有人缘，从校长、教员，到几百名同学，都一致倒向了志村。志村皮肤白净，性格温顺，简直像个女孩。我也自认是个美少年，可粗鲁、傲慢，又好斗，再加上总在班里独占鳌头，每逢考试，必是名列前茅，闹得教员对我的傲慢大为光火，同学对我的气势也是愤愤不平，人缘自是不尽如人意了。众人的心态不外乎是：好在绘画上，志村占得了头筹，正好可以挫挫冈本的锐气。这种情绪我很能理解。可我暗自不平的是，即便有时志村的画乏善可陈，校长和其他人依然会交口称赞，而我的画儿画得再好，也没人拍手称道。对还是一个少年的我来说，人缘已是让人极为憎恶的一件事了。

一日，学校准备把学生的作品公开展出。展品主要是书法字画，女生则为手工活儿。自一大清早起，学生的父兄姐妹就已络绎不绝，纷至沓来，对作品的评价各执一词。参展的同学皆是忐忑不安，个个六神无主，在展场里进进出出。这次展会，我也拿出了一幅参展作品，是一张马头的侧影。论这幅画的难度，对一个少年来说相当有挑战，我铆足了劲，要借此一举击败志村。放学回到家，我便闭门不出开始作画，照着画帖临摹还不够，甚至不知天高地厚地想去写生，幸好离我家不远的桑园里有个养马场，真不知道那个马棚我去了多少次。从轮廓到阴影，再加上运笔，我相信迄今为止，自己都没画得如此逼真过。我敢打包票，志村的那些画，也绝对无法与之相提并论。凭这幅画，我相信定能胜过志村一筹，给那些待人不公的师生们瞧瞧，这次我是靠自己的实力取胜的。就这样，抱着必胜的信念，我展出了自己的作品。

展品都是每个人在自家完成的，因此没人知道谁在画什么，互相之间也极为保密。尤其是我和志村，各自画什么题材，更是相互隐瞒，守口如瓶。我一边画着马，一边琢磨着志村在画什么。

开展当日，全校数百名学生中，进入展场最为紧张的人，恐怕就要算我了。画作展厅里，挤满了学生和家长。两幅并列悬挂的大画（现今亦可称为大作了）前，最是人头攒动。不言而喻，两幅大画自是志村和我的作品。

一见之下，我顿时感到浑身凉了半截。志村画的竟然是哥伦布的肖像！而且是粉笔画！在学校，我们只学了铅笔画，粉笔从没碰过。用粉笔来作画，我甚至想都没想过。画的好坏暂且不论，单是这一点，我就已是惊愕不已，更甭说把那个马头和须髯满面、凛然正气的哥伦布肖像放在一起了，全然不是一个级别，没有任何可比性。而且，技巧再怎么纯熟，铅笔的色彩和粉笔终究不是一个档次。由此一见，无论是题材，还是色彩，自己那张只是一幅小儿科的儿童画，志村的作品，才是真正的画作。抛开技艺的巧拙不说，作为一幅挂在这里、供人观赏的作品来讲，我这个一向目空一切的人，此次竟也真真自认不如，甘拜下风了。不仅如此，志村的崇拜者也异常亢奋，大呼小叫着："马画得是不错，可看看这张哥伦布，还有什么说的嘛！"

我跑出了学校，没有回家，径直奔向了田野，眼泪止不住地掉落下来。不知是委屈还是恼恨，茫然不顾地跑到了河边，颓然倒在了草丛里。

我肆无忌惮地号啕起来，仍觉不解气，随手捡起身旁的石子，胡抛乱扔着。

狂躁的同时，我脑子里一直在想：这家伙什么时候学会了粉笔画？谁教给他的？

不知是因为大哭了一场，还是胡闹了一通，心里多少痛快了些，疲乏感渐渐袭来，不知不觉我躺在了地上。凝望着蔚蓝的天空，谛听着淙淙的流水，微风拂动着青草，隐约间，我仿佛闻到了春天的芬芳，心情渐渐平复下来，就这样一动不动地躺在那里发呆。突然我想到："对呀，我也可以用粉笔画个试试嘛！"灵光乍现，我一跃而起，飞奔回家，得到了父亲的许可，买回了粉笔，又夹着画板跑了出去。

迄今为止，我从没拿过粉笔，对如何着笔，一无所知，虽说看过一些粉笔画，可自己从没画过，这也正说明是因为心里没底，才故步自封。可既然志村能画成那样，相信自己也差不了多少吧。

我再次来到刚才的河边。脑海里首先想到的题材便是水车。我以前用铅笔画过水车，这次粉笔画的开山之作，不如拿它来练手。主意已定，我便沿着堤岸，往上游走去。

水车就在河对岸，青树翠蔓，蒙络摇缀，清幽之景，实乃少年心中的理想构图。参照物在对岸，我便下了堤，走到了河边草地上，这才发现，刚才因柳荫遮蔽，竟没看到一个少年正坐在草丛中，对着水车写生呢。我和少年虽有百米之遥，但一望便知是志村了。他极其地专注，丝毫没留意到我的到来。

哎哟，这家伙也来了。怎么总是跑到我前面，烦人的东西，真让人火冒三丈。尽管如此，回去我又不甘心，心想倒是想看看你能把我怎么样，便只是站在那里望着志村。

他画得很投入，上半个身子露在草丛外，支起的膝盖架着画板，整个人完全笼罩在柳荫里，唯见柳枝间的一缕阳光，恬静地泻在他白净的面庞和肩头上。有点儿意思，不如把这家伙画下来。我就势往当地一坐，开始照着志村，画起了人物写生。然而，让人吃惊的是，起初满心想的都是这个讨厌家伙，可一坐在画板前，这念头竟荡然无存，一门心思全扑在了画作上。

他一会儿抬头看看水车，一会儿又转向画板，脸上时常浮现出愉快的微笑。每当看到他的笑，我便也情不自禁地露出了笑容。

过了一会儿，志村突然站了起来，正好看向了我这边，那和蔼的面容，简直让人难以言状。他冲我笑了笑，我也不由得笑了起来。

"你在画什么？"他开口问我。

"在画你呢。"

"我已经画完水车了。"

"是吗，我还没画完呢。"

"这样呀，"于是他又坐回了原地，摆出了刚才的姿势，"你接着画吧，我正好修改一下。"

我又动笔画了起来，画着画着，竟然觉得他没那么讨厌了，反倒很可爱。终于我画完了。

"画好了，我画完了！"我大声喊着。

志村来我到身边："咦，你也用粉笔画啦？"

"头一次画，完全不得要领。你的粉笔画是跟谁学的？"

"哦，是跟前阵子从东京回来的奥野先生学的。也是刚上手，画得不成样子。"

"哥伦布画得很棒呀，真让我感叹。"

就这样，我们两人一起回了学校。自此，我和志村成了好朋友，我打心眼里叹服他的才华，而他本就性格温顺，自是把我当作唯一的知己了。不知多少次，我们两人携着画板，跑到山野里去写生。

不久，我和志村都上了中学，离开了家乡，寄宿在县城中心的某条街巷里。进入中学后，对于我们两人，画画依旧比其他什么都开心。和从前一样，我们总是相约结伴而行，出去写生。

宿舍离我们村有七里路，要是沿着车道走，得绕大远，路程将近十三里。因此中学寄宿时期，但凡回村，我们也绝不坐车。每逢寒暑假，这七里路，我们一律是穿着草鞋，徒步走回去的。

别看这区区七里路，尽是需要翻山越岭的。一会儿上坡，一会儿进谷，前面碰到了溪流，又来到了深涧，进入了村庄，碰到些孩童，有一些树，还有一片林子。清晨很早离开宿舍，直到傍晚才能到家。一路上，我只想着如何运用绘画手法处理这些形、色、光，来解开心中梦一般的谜团。志村和我一样，忽儿走在前，忽儿落在后，有时坐下来拿铅笔画上两下，走走停停。反正他不走，我也不走，我不停笔，他也接着画，就这样时间不知不觉拖了很久，待两人惊觉，就赶紧拔腿赶上一里路。

而后数年，志村因故辍学，回到村里。我也告别了故土，去东京游学。两人渐渐断了联系，就这样又过了四五年。到东京后，虽说我对绘画依旧心向往之，但已不再动笔，只是看看都会里的名家大作，聊以慰藉自己的爱画之心。

记得我二十岁的时候，回到了久别的故乡。在家中堆房里，看到了之前形影不离的画板，这才想起志村，赶紧找人打听，哪知惊闻噩耗，他早在十七岁时，便已因病故去了。

我拿起久未碰过的画板和铅笔，走出了家门。故乡风景依旧，而我已不是少年。增长的不只是几岁的年纪，还有对幸与不幸、生与死的认知，人生何其无奈，面对依旧如故的风景，心中感触却是颇为不同。一抹难言的哀愁，使我百感交集，久不能平静。

仲夏时节，我拎着画板，却提不起任何兴致去描画些什么，只是独自游荡在草野上，那片曾经和志村一起走过的草野。

黑暗中有欢乐，如同光明中也有悲哀。我歪戴着草帽，看着艳阳下被映得异样眩目的远山近林，久久凝望着。不觉中，已是泪流满面。

初刊于《青年界》

明治三十五年（1902年）

少年的悲哀

少年の悲哀

如果说少年的快乐如诗，那么少年的悲哀，也是一首诗。平静祥和的心中，埋藏的欢喜自可歌，呢喃细语的悲哀亦可颂。

不管怎样，且来说一段少年时的悲哀吧。（以一个男人的独白）

我八到十五岁，是在叔父家长大的，那时父母住在东京。

叔父是当地的豪门大家，山林田野所持甚多，帮佣男女不下七八人。少年时代能够生活在乡下，对父母的这番用心，我实是感激不尽。如若八岁就和父母去了东京，人生估计与现在大相径庭了。虽说知识层面可能会丰富多彩，但我敢肯定，读上一卷华兹华斯的诗，诗文里那高远、清新的意境，恐怕不能体会到。

我遨游在山野，度过了七年的幸福时光。叔父的家坐落在山脚下，周围林木环抱，有的是溪流和清泉，还有一汪池塘，不远处便是濑户内海的入海口。山川野岭、溪谷海川，无不是我自由的天地。

　　记得是在我十二岁那年，一天，一个叫德二郎的男佣说有个好去处，邀我晚上夜游。

　　"去哪儿呢？"我问。

　　"您别问啦，去哪儿不是都一样吗，阿德带你去的地儿，能有不好玩的？"德二郎笑着回答我。

　　这个德二郎，年纪在二十五岁左右，是个壮实的小伙子，原先是个孤儿，在叔父家一干就是十一二年。他皮肤黝黑，五官端正，仪表堂堂。平日里，逢酒必歌，即便无酒，也是边唱边劳作，精力无限充沛。他看上去不但乐观，还心地耿直，叔父和当地人都感叹说，这在孤儿中实属罕见。

　　德二郎唱着歌上了后山，嘴里还不忘叮嘱我："跟你叔父和婶婶可千万要保密哈。"

　　那是一个仲夏之夜，月色清明，皎洁如银。我跟在德二郎后面走进了田野，沿着稻谷飘香的田埂，来到了河堤。堤坝高出一截，站在上面，辽阔的原野尽收眼底。刚刚入夜，月亮高高挂在天边，清澄无比。皓月千里，笼罩在山间田野。原野的尽头，薄雾弥蒙，恍如梦境，林子里轻烟缭绕，飘飘摇摇，河边矮柳的叶梢上，露珠如玉，剔透玲珑。河的尽头紧连着海湾，正是涨潮时分，河水高涨，由船板拼接而成的桥，看起来好似低矮不少，河柳一半都浸在水中。

堤岸上，微风轻拂，河面上，却波澜不惊，如镜的水面，映衬出一碧万顷的天光。德二郎走下堤坝，解开拴在桥下的小船，身轻如燕地一跃而上，平静的河面上，激起了层层涟漪。

"小少爷，快下来！"他一面催促，一面拿起了摇橹。

我刚一跳上去，小船便顺流而下，驶向了入海口。

临近海湾，河面越发宽阔起来，月光洒在水面上，清光四溢，两侧的堤岸渐次远去。回望河水上游，已是烟波浩渺，小船不知不觉已驶入海湾。

如湖水般宽阔的海湾上，似乎唯有我们一艘小船渡江而过。德二郎异于往常，压低了爽朗的声音，小声哼唱着歌谣，静静地摇着橹。退潮时满是泥沼的入海口，在满潮和月光下，好像一改往日所见，那腥味刺鼻的肮脏海湾，完全变了番模样。南边是黑黢黢的山峦倒影，北边和东边是一望无际的平原，月色苍茫，无法区分陆地与水面的分界线，小船一路向西驶去。

西面是海湾的入口，水深且窄，紧挨陆地，地势高峻。此处是港口停泊抛锚的地方，卸货船虽不多，但都是一些庞然大物般的西洋帆船，装运的多为本地所产食盐。除此之外，还有不少当地从事朝鲜贸易的船只，以及一些往来内海的小舢板。两岸数百户人家，背山面水而建，参差错落。

望向海湾深处，舷灯高挂，灿若繁星，水面灯光低映，犹如金蛇齐舞，在寂寥的山色月影下，景色如画。

随着小船的靠近，港口的轻歌曼舞之声渐入耳畔。虽说现在我很难描绘出当时的光景，可那一夜目之所及，依旧历历在目。仲夏之夜，月明如霜，船家在甲板上歇息，屋里的人在户外乘凉，面海的窗子皆敞开着，灯火随风摇曳，海面金光灿灿，有人吹笛，有人起舞，临海的青楼里，三弦琴轻拢慢捻，语笑喧哗，好一处繁华盛景。而在这歌舞升平之下，仍让人无法忘却的，便是那寂寥的山川月色。

我们从大帆船的阴影下潜过，德二郎把船停靠在幽暗的石阶下，催我"上岸吧"。自打他在堤坝那儿说了一句"快下来"后，一路都没开口，真不明白他为什么要带我来这里，可我还是听话地跟着下了船。

把船系好，德二郎就上了石阶，噜噜噜地率先带路，我跟在后面拾级而上，一声不吭。这石阶，宽不到三尺，两侧是高墙绝壁。走到尽头，似是来到了一户人家的中庭。四面木板环合，角落里放了一个消防水桶。墙板那侧，像是栽了一株桔树，绿阴如盖，露出了树梢，皓月当空，周围寂静无声。德二郎站住脚，侧耳倾听了一会儿，在靠近右墙板处，毫不客气地向里推了一下，露出一道黑黢黢的小门洞，门不声不响地打开了，后面便是一个楼梯。门刚一开，就听到一阵轻手轻脚的下楼声。

"是阿德吗？"一张女子的脸露了出来。

"等急了吧？"德二郎跟女子说着，回头望向我，又加了一句，"我把小少爷带来了。"

"小少爷，您快请进。你也赶快上来，别在那儿磨蹭。"在女子的催促下，德二郎快步爬上了楼梯。

"小少爷，小心过道黑。"说完，他和女子一起上去了，无奈之下，我只好紧随其后，爬上了这又黑又窄又陡立的楼梯。

毫无疑问，这里也是一家青楼。跟着女子进到一间临海的客室，凭栏而望，不但港口一览无余，就连海湾深处，原野的尽头，西面的海岸线，都尽收眼底。而客室仅有六叠榻榻米，又脏又旧，看了便知，这房间规格并不高。

"小少爷，到这儿来坐。"女子说着，把坐垫挪到了窗栏旁，一股脑儿地搬出夏天能吃到的各种水果、点心，可劲儿地让着我。接着，又拉开隔壁的纸门，里面已预备好了酒菜。她一一端了出来，和德二郎相对而坐。

德二郎一反常态，满脸正色，接过女子递来的酒杯，一饮而尽。

"日子定下来啦？"他紧盯着女子的脸问。那女子也就十九，不到二十岁，面色苍白，看那副有气无力的样子，我甚至怀疑她是个病人。

"明天，后天，大后天，"女子屈指算着，"定在大后天了。可是吧，事到如今，我又有些犹豫了。"说着垂下了头，用袖口沾了沾眼睛。说话间，德二郎已自斟自饮，大口大口地喝起了酒。

"现在还说这种话，有什么用。"

"话是这么说。反过来想想，真不如死了的好。"

"哈哈，小少爷，这位姐姐说她想死，怎么办呀……喂，说好了把小少爷给你带过来，还不好好看看。"

"打刚才起，我就一直瞅着呢，倒真的很像呀，让人吃惊不小。"女子说着，笑吟吟地看着我。

"像谁？"我急忙惊问。

"像我弟弟。要说小少爷像我弟弟，的确显得有些不敬，可是，你看这个。"女子从腰带里取出一张照片递给我。

"小少爷，这个姐姐以前给我看过这张照片，我跟她说，这不和咱家的小少爷一个模子里刻出来的嘛，她非让我把你带来看看，这不，今晚就带少爷您过来了。就冲这个，她也得好好请请咱们。"德二郎边说，边一杯接一杯地灌着酒。

女子靠近我说："没问题，随便点。小少爷，想吃点什么？"她语声轻柔，笑容可掬。

"什么都不要。"说着，我把脸别向了一旁。

"那就这样，咱们去划船吧，和我一起去划船，好不好？咱们走。"说完，便起身走了出去，我听从地跟在她身后下了楼梯，德二郎只是笑容满脸地看着我们。

下了刚才的石阶，待我上了船，这年轻女子便解开缆绳，麻利地一跃而上，轻轻摇起了橹。虽说我还是个孩子，但也不禁对这女子的举动，颇感震惊。

离开岸边，抬头望去，只见德二郎倚着栏杆正看着我们。屋里灯光明亮，外面月光高照，他的身影我们自是洞悉无遗。

"当心点儿，危险！"德二郎在上面喊着。

"放心吧！"女子在下面答着，"一会儿就回去，等着我们。"

我们从六七条大船小舟间穿梭而过，转眼就进入了宽阔的海面。月色清明，宛如秋夜，女子放下手中的橹，坐到了我身边。她抬头凝视了一会儿月亮，又环顾一下周围，才开口问：

"小少爷，您几岁了？"

"十二。"

"我弟弟的照片也是十二岁时照的，算起来，现在也十六了……是呀，虽说十六了，可在他十二的时候我们就分开了，再也没见过面，所以我总觉得他和您现在一模一样。"

她目不转睛地看着我的脸，转而，眼睛里噙满了泪水。月光下，她的面色更加苍白了。

"他死了吗？"

"没有。要是死了倒也就断了这个念想，可那一别之后，再就是渺无音讯了。父母早早就过世了，我们姐弟俩相依为命，而今的别离，却是生死两茫茫。再加上我马上要随那些人去朝鲜，如此一来，今生今世，不知道还能不能再和他相见了。"说着，只见她涌出了泪水，也不去擦，死死盯住我的脸，嘤嘤啜泣起来。

我望着陆地，一言不发，听着她的娓娓诉说。水面映出万家灯火，星星点点，摇曳不定。橹在水中吱嘎摇荡，大船上的男人划着桨，悦耳的船歌随风飘来。我虽然年少，可心里却涌上了一股无言的凄哀。

忽然，一艘小船疾驰而来，待到近旁，才看清是德二郎。

"我送酒来啦！"阿德离着还有两三丈远，就大声喊叫起来。

"太好啦！正和小少爷聊着我弟弟呢，看我这眼泪流的。"女子说话的工夫，德二郎的小船已经靠了过来。

"哈哈，猜你就会这样，看，酒来了，咱们一醉方休，我来给你们唱一曲！"德二郎好像有些醉了。女子接过德二郎递来的大杯子，满满地斟上一杯，咕咕咕地一饮而尽。

"再来一杯！"这次是德二郎斟的酒，女子二话不说，一仰头，又是一口干了，对月深深地呼出一口酒气。

"这就对啦！那我来唱首歌给你们助兴。"

"不用，阿德，我只想痛痛快快地大哭一场。这地方既没人看，也没人听，让我哭个痛快吧，我只想痛痛快快地哭个够。"

"哈哈……那你就哭吧，我和小少爷洗耳恭听。"德二郎看着我笑了笑。

那女子果真倒身便哭，尽管如此，终究不能彻底亮开嗓子，只见她后背一起一伏，甚是压抑。德二郎见此情景，表情一下严肃起来，忽然转过头去，看向了山边，默默地，不再出声。

又过了一会儿，我说："阿德，咱们回去吧。"

女子突然抬起头来："哦，对不起啊小少爷，我这么一个劲儿地哭，让您见笑了……看到小少爷，我就觉得像见到了我弟弟。小少爷也好好保重，赶紧长大，做一个顶天立地的人。"接着，又呜咽着说："阿德，太晚了不合适，赶紧带小少爷回去吧。刚才我也哭够了，一直堵在心里的憋闷，好像一下子畅快了。"

那女子跟着我们的船，送出了三四百米，最后还是在德二郎的严厉口气下，才停下了手中的橹，两艘小船分道扬镳，越离越远。小船刚一分开，女子便向着我不断地喊道：

"千万别忘记我！"

自那以后，过了十七年，可那夜的光景，我依旧历历在目，已是刻骨铭心。那可怜女子的面容，现如今还是不断浮现在我眼前。那一夜的哀愁，有如薄雾般笼住我心头，随着年龄增长，反而越发浓厚。现在，每当想起那时的情景，我仍无法承受，那份哀愁，如此深沉，如此静穆，又如此寂寥，已让我深深铭刻在心。

此后，德二郎在叔父的关照下，成为一名出色的农民，现在已是两个孩子的父亲。

那漂泊的女子，流落到朝鲜后，是否还在颠沛流离，消磨着她那短暂的生涯，抑或是已香消玉殒，奔赴了静肃的天国。我自然不知，德二郎似乎也不知。

初刊于《小天地》

明治三十五年（1902年）

镰仓夫人

上

　　近日，友人柏田勉身体抱恙，旅居镰仓疗养，从那里，给我寄来如下一封书信。读罢，我颇有感触，此话，先暂且不表。然而柏田，既非文学家，亦非小说家，仅是一名纯粹的数学家，写下的文字自然无所隐晦，没有润色，没有修饰，有时只恐会使读者心生不快，颦蹙眉头。而我，并非炫耀自己多么能妙笔生花，可从这杂乱的笺文中，似觉有不少真情实感，特此道来，公之于众。

　　昨天我去了滑川，打算钓几条鰕虎鱼。说是钓鱼，其实有些小题大做，我完全无意于鱼儿能否上钩，只是闲垂太公钓，消磨一下时光，这才是我的本意。盈尺之地的滑川河畔，供我垂钓的地方，还是大有所在的。
　　那座桥，想必你也知道。从长谷过了海滨院，通往材木座的方向，途中有一座桥，桥下乱桩林立，自可蹲在上面垂钓。桥上鲜有人走，而且已是秋分时节，来往的多为当地人，更是鲜见那些悠闲自在的都市人，会站在桥头看人钓鱼。

然而，午后三时左右，从长谷往材木座方向，传来咔嗒咔嗒的木屐声，远处走来两人。听声音便知是一男一女。待二人来到桥中间，便站住了脚，只听男人问："记得你好像说过，在镰仓住过一阵是吧。"

"是的，住了有半年。已经是很久以前的事情了。"听到女子的声音，我顿感愕然。

这个女子的声音，已经六年没有听到过了，而我又怎能忘却这个声音？

桥高有四米五左右，我正好居于桥下，从上看下来，只要下面的人不抬头，双方是不会照面的。

提起杉爱子的名字，想必你会记起，也会惊讶吧。六年前，这个女人曾是我的妻子，燃烧着青春的恋情，彼此感觉至死不能相离，我们排除万难，总算结得了夫妻之缘，却连半载不到，又自毁长城，断送在她的手里。六年后，这个女人来到了镰仓 —— 那个同曾经相爱的夫君共处的地方，却与别的男子忆起了故往，而曾经的夫君，又在桥下听到了那往昔的回忆。倘若是小说，读者大多会捧腹讥笑吧，这种情节，恐怕在你的笔下，都无法书写出来。

而让我惊奇的，不只是因为站在桥上的女子是杉爱子。

其实说来，前日赴京，我听到很多关于爱子的传闻，此女子非同一般。早在之前，就风闻很多爱子的事情，那些让人甚感不快的传闻，不绝于耳。我与那个女人已无任何瓜葛，她此后的行径，不用刻意打听，都能神奇地传到我的耳朵里。简而言之，杉爱子所到之处，均有情夫相伴，品行卑劣，不言而喻。记得还是去年的某日，我因事去数学报社，拜访了外山先藏先生。事情谈毕，外山突然一改其貌，指着桌上说："给你讲段新闻吧。"

接着又说，"这事儿与你有关。镰仓夫人之后的事情，你听说了吗？"

"不知道。"我回答。

"此事不好太过声张，要知道，镰仓夫人这阵子经常出没于音乐学校。本来要真是专心求艺的话，自无可厚非，可实际上，音乐只是个附带品，情夫倒是勾搭了三位。怎么样，够你吃惊的吧？"

"不会吧！"

"是呀，于你，自然觉得这不可能。我也认为太过夸张，便四处打听，方才得知，此事千真万确。这女人太有手段了，万万没有想到，她竟是这种人！"

接着就是今年春天。舍妹从赤坂的某个教会回来，与我说："今天碰上了哥哥的镰仓夫人。"我便问："你怎么知道是她？”"我认识的某位夫人，指给我一个年轻女子，告诉我，那就是我的前嫂嫂，我这才恍然大悟。不仅如此，哥哥，夫人还说，那个女子把哥哥害得很惨，而且在此之后，还把其他男人玩得团团转，真不知有多少人被殃及了。如此说来，在教会，她也是被禁足的。这种人简直是不知廉耻，让人无话可说。"

仅凭以上两条，我都能够想象出爱子的境遇。然而就在前些日子，我上京时听到的事情，更是让人目瞪口呆。你应该也听说过，我的同乡好友，一位叫冲的画家吧。久未联系，趁此上京，顺道前去拜访了他，却见他躺在床上，询问之下，才知是风湿病发作，困在家中。还好精气神未改，便聊了起来，冲像是恍然想起什么，跟我说："对了，一个偶然的机会，我听到一件有意思的事情，早就想见到你后，说给你听听了。不过说是有意思，对你来讲，显然是太过不敬了。"

"什么事情？于我不敬，却又那么有意思？"

"是镰仓夫人的事儿。她西行的事情，你听说了吗？"

"听过一耳朵，细节全然不知。"

"这样呀，如此说来，我知道得倒是更多了。事情是这样，她一到那边，立刻就让同伴给赶了回去，原因是尚未下船，她就和船长眉来眼去的，勾搭在了一起，后来被人识破了伎俩。不觉得吃惊吗？她渡美的目的，是因为和一个波士顿还是哪里的男人约好了，此行是要到他那里去。为此，甜言蜜语地巴结了此君的夫人，才得以同行。没承想，中途不检点的行为，便已暴露无遗，让那夫人大惊失色，船刚一到旧金山，立刻就让人遣送回国了。然而更有厉害的在后面。归途中，轮船公司的监理笕某又黏上了她，一来二去，又和笕某发生了暧昧关系，现如今，两人在麻布区的圣坂，俨然形同夫妇，住在了一起。这个笕某，可是家有妻室，膝下伴有双子的人呢。怎么样，让人瞠目结舌吧？"

"噢，这消息可得之不易呀！你是怎么知道的？"

"此话说来倒是又稀奇了。给我看病的大夫，以前便认识她，不记得聊起了什么，顺带就给我讲起了这件事。'媚俗的女人'大体指的就是她这种人吧，大夫说起来，倒很是愤愤不平。笕某的内兄为此怒不可遏，甚至扬言要把他告上法庭！笕某也因此事，让公司给解雇了。"

"笕某和爱子走到了一起，该是心满意足了吧？"

"看上去应该如此吧，毕竟连妻儿都不管不顾了。爱子的手段真是了不得呀。"

听闻此话，起初我并不苟同。次日，在回镰仓的火车里，我回忆起了往日，一种难以言表的心酸，让我痛苦不堪。正因如此，我猜测，桥上的女子就是杉爱子，和她一起的男人，该是笕某了。

镰仓夫人　　191

于是，我在桥下，听到了他们的对话。爱子万万不会想到，六年前在镰仓一起生活过的昔日夫君，一边垂钓，一边听到了他们的对话。

中

"是一个人来的吗？"男人问。

"不是，和母亲一起来的。"女子若无其事地答道，紧接着又说："那时母亲疾病缠身，让人坐卧不安，我们便屡次来到镰仓，想换个地方调节一下。"

"东京太过喧闹了。咱们也来这里住上两三个月，悠哉游哉地过上一阵子，怎么样？"

"是呀。要是可能，这样最好。"

"那就这么定了。到时候，我们还可以来钓鱼。东京总是那么繁杂，让人头疼。"

"真的是这样。今天我就觉得很是神清气爽。"

"啊——景色宜人。是在这条河上吗？青砥藤纲[1]掉落

---

[1] 青砥藤纲为镰仓时代后期的武士。此处指他夜间经过滑川时，因掉落十文钱，而令随从花五十文购买火把以寻找的轶事。人云失大得小，他却笑答："钱于水中，永损于天下。以五十文更得十文，亦益于人。"

纹银的地方。"

"是的，就是这里。"爱子仍是一副少言寡语的样子。

"这里能钓上什么？"想必男人是往下看着，爱子也一定是看向我的。我戴的是一顶海边用的宽檐草帽，上面望下来，连侧脸都看不到。

我真想摘下帽子，看向上面，回他一句："能钓上鰕虎鱼。"可又作罢。

"能钓到什么呢？"男人又重复了一遍，爱子默不作声。以前爱子和我一起，在这条河里钓过鰕虎鱼，她理所当然，应该是知道的。

"你喜欢钓鱼吗？"这回轮到爱子发问了。

"并没什么特别喜欢的，只是觉得在这种地方，悠闲地钓钓鱼，该是很惬意。你呢？喜欢钓鱼吗？"

"我没有钓过鱼。"

"是呀，这也不是女人该玩儿的。"

"不过在美国，那些贵妇人不是经常钓鱼吗？"

"也许是吧。她们连枪都敢碰。不过在日本，像爱子小姐你这样的女人，没什么不能做的。"

"什么时候咱们也来钓钓鱼吧。"爱子显出一副天真烂漫的样子说道。

"明天就可以呀。"

"好吧。"

不一会儿，两人向材木座方向走去。我稍稍抬起了帽檐，望着两人的背影。曾经十九岁的爱子，和现今二十五岁的她，毫无二致。男人身材高大，肩头微耸，身体随着手杖的拖带，一摇三摆地走在路上。那副架势，恐怕他的心里，早已忘记了家中的妻儿，唯有沉浸在当下的幸福中了。

我收起鱼线，扛上鱼竿，走向了海滩。秋高气爽，海天一线。大岛的掠影，在浪涛之上，起伏沉降。翩翩帆影，在落日映照下，变为一道道白色踪迹，真乃怡人之景。我在沙丘上坐下，开始浮想联翩。无须说，爱子的事情，是要冷静地思考一下了。而且要想得光明洞彻，恰如此秋。

爱子，她的心境，那时与现在是相同的吗？现在的她，是在恋爱吗？

筧某，这个男人的心，与曾经的自己是否一样呢？他是一往情深的吗？

爱情，无论对象更换了几人，还能一如初衷，付诸热情和喜悦吗？

我罗列出各种问题，试图一一作答，可这终究不是数学解题。

于是，我开始追忆起爱子十八岁的时光，那时我们二人相知相恋，形影不离。

随着翻涌出的前尘往事，想起了当时两人的情真意切，一缕哀思油然而生。那时的二人，于世间一尘不染，一心只是崇尚着理想之境。我们时而欢歌，时而在美好的月下相拥而泣。

回想起当时的爱子，她只是一个无辜的少女，哪里还用劳什子去冷静思考，再三鉴定呢？既然是人，在这种环境下，多少是会沾染上一些不端的行为吧？而一旦想到要去对那时的纯情和热忱加以猜疑，现在依旧沉浸在甜美梦乡中的感觉，就像不知从何处随风飘来的悠扬笛声，让人感伤，又让人怀恋。

由此，我得出了一个结论。也就是说，柏田勉和杉爱子的恋情是圣洁的。自己迷恋着爱子，不足为怪，而爱子深恋上我，也想是情理之中。

可爱子又是因何，婚后仅仅半年的时间，就离开了她的爱人呢？这是意味着，从爱中觉醒了。外来的纷扰，肯定是有，但使之动摇的，是来自心底的力量。换言之，爱情消失了。可又怎么会就这样消失了呢？

我无法解读。这就像为何会相互吸引一样，难以琢磨。虽说不能理解，可看一看爱子之后的举动，观往知来，便可以一言蔽之：我讨人嫌了。

于是，我多少理解了爱子的秉性。全情投入吗？至少凭着那少女之心，不假任何顾虑，忘我地投入进去，终是如愿以偿，得到了所爱。可日子一久，便开始厌烦了那个男子，厌烦得无以忍耐。她就是这么一个女人。其后，便又向别的男子投怀送抱，进而又是厌烦，周而复始，不足为怪。

男人这东西，本就好色。像爱子这种女人，外表看似温顺贞淑，实则胆大无畏。待你泰然自若地想去接近她，她便会摆出一副冷若冰霜的态度，转瞬便被她俘获了。

我付出的是爱情，而爱子却被尘世间的激情摧毁了。随之，她把这激情披上了爱情的圣衣，饰以甜蜜的伪装，迷惑了众多付诸诚意的青年，还有那些浮夸的男子，以此满足她彼时的情欲。

因此，我最终下了定论。爱情、亲情和激情，此三者乃截然不同。

比起那深厚而略带幽怨的爱情，爱子更喜欢充满浓郁色彩的激情。而最终，夫妇间本就平平淡淡的爱，兼具了悲欢离合，再掺杂上一层暗涩的情分，假以时日，轻而易举便会凋零，慢慢失去了味道。

笕某被爱子炽热的激情所打动，置夫妇间的亲情于不顾，终于到了如此的地步。简直是白活一世，枉费了光阴。

然则，笕某于爱子的那份激情，或许他自认为是一种爱情吧。也许真就是爱情。说不定还是一场轰轰烈烈的爱情，也未尝不可能。我自认为是治兵卫，私下里暗自伤悲，可说起来，爱子并非小春。[1]如今我的生活，想必你也知道，家有贤妻孝子，曾经的爱，已是如梦方觉，但求安居乐业，天下太平。正因如此，想想筼某，实是为之惋惜。治兵卫的悲剧，即便是义太夫[2]听了，也会落泪，可真正演绎出来，让人觉得实在是愚不可及。阿御的角色，则着实更加令人哀叹惋惜了。

爱子的举动，无不让人痛心疾首。可回想当年，在那徜徉着爱的河畔，她流下的那一行行眼泪，却又让我心中的哀伤，久久无法排遣。

必须要有所动作。我左思右想，最后决定在镰仓和他们会一会。

下

事到如今，有何必要与那二人相见呢，你势必会生此疑

---

[1] 治兵卫和小春都是近松门左卫门的净琉璃剧目《情死天网岛》里的角色。该剧讲述了江户时代的纸店老板治兵卫有妻（阿御）有子，却与妓女小春有染，两人感情颇深，无奈遭到世间反对，相约殉情，然而小春却并不情愿。

[2] 义太夫全名竹本义太夫（1651—1714），江户时代净琉璃的说唱艺人，也是净琉璃的一支"义太夫节"的创始人，与近松门左卫门长期合作。

问。而我此番决定，理由有二。其一，与其说是理由，倒不如说是诱惑吧。

无论怎样，双方见上一面，便是其诱惑。突然间，听到我报上名号，那二人会是怎样一副表情呢？笕某应该是不知道我的。可在笕某面前，爱子看到我，会作何反应呢？想及此处，我不禁又要列起公式，盘算一下了。

其二，我便要尽其所能，说服笕某回归家庭。不仅如此，还要对爱子婉言相劝，让她尽早规划好自己的一生。如若不然，长此以往，笕某迟早要被爱子抛弃，而后，她又会另寻新欢。那样的话，她的未来，最终又会怎样呢？

践踏了我的爱情，转而离去的女人，她的未来该是何去何从，又与我有何相干？可想起昔日那个纯情少女——爱子，我却无论如何都不能袖手旁观。既然是往材木座的方向，估计应该是住在光明馆了，今晨我便早早离开了长谷的旅馆。倘要在河边相遇，那倒是有几分意思。如同每天清晨的散步，我在岸边徘徊着，待走到滑川河口，只见他们两人从我对面走了过来。

我在河的这边，那二人站在对岸河滩，六七米宽的河，隔在我们中间，我与爱子两人面面相觑。

我没开口，爱子也不作声。她一向喜怒不形于色，目不转睛地看了我片刻，便要静静地折返回去。

"爱子！"喊叫一声，我便直接涉水过河，这里的水深不及膝。

笕某见状，瞠目而视。

三年前，我在新桥的车站碰到过一次爱子。当时她面露笑容走过来，"久违了"，打了声招呼，便伸过手来握了握。我和爱子三言两语地交谈了一会儿，便坦然分开了。我对爱子的气度很是了解，便话不多说渡过河去。

"爱子，这是怎么了？好久没见。"我边说边鲁莽地走到近前。

"哎呀，竟能在这里偶遇。一别以来，可是安好？"她讨人喜欢地问候了一句，接着犹如之前，伸出了手，我便也伸手握了握。

"承蒙挂念，还是老样子。"说罢，看向旁边的男子。

"初次见面，敝人青木，和爱子小姐是儿时的玩伴。"我胡编乱造扯了一句。

"敝人姓笕。幸会幸会。"话虽不多，看似老练通达，颇为稳重。此人看上去犹如治兵卫般年纪，也就三十三四岁。

"甚是失礼，敢问不知能否和爱子小姐借一步说话，不需五分钟。有些无关痛痒的小事，说来也甚是可笑……"我打定了主意，冒昧地脱口而出。

爱子稍显狼狈："青木，什么事情非得两个人悄悄说呢？

笕先生还在呢！"虽是脸上挂着笑容，可话却说得很是婉转。

"哈哈，天机不可泄露。"我也只是笑答而已。

"爱子，那我就随便走走，你和青木先生慢慢聊。好在咱们也没什么大不了的事儿。"说着，笕某迈出了两三步，爱子见状，便要跟过去，我以目示意，加以阻止。笕某大步走向材木座的方向，转瞬间便离开了数十步之遥，水声潺潺，完全可以隔住我们交谈的声音。我和爱子静静地走着。

"爱子，真是好久不见了。"我亲切地打开话头。

"是呀，上次见面，还是在新桥呢。"说话时，她两眼只是盯着地面上的砂子。

"和你一起住在这里，已经是六年前的事了。"

"有这么久了吗？光阴似箭呀，好像就在不久之前一样。"说着，爱子叹了口气。

"回首往事，恍然如梦一般。"

"不过那个梦还是快乐的。"说完，爱子抬头看了我一眼，马上又低下了头。

"没有办法，已然梦醒。之后你还做过这样快乐的美梦吗？有意思的梦？"

"你觉得呢？"

"我只是问问。"

"那我就直言相告吧。这之后，再没有哪个梦，能像和你在一起时更快乐的了。"

"这自然是了。那时候的我们是真爱，没有任何事情，可以使我们为之动摇。因此在快乐中，自有深深的哀愁。那时，你不是常常暗自落泪嘛。可话又说回来，玷污了爱情的人，不正是你吗？"

"正因为如此，有时想起来，实是悔不当初。"

"在你见异思迁的时候？"

"这话说得未免太过伤人。"

"如此说来，那个笕某又是你的何人呢？"我进一步追问着。爱子沉默了片刻。

"你这么问，只有让我更加难受了，何苦呢？我已经做好了打算，孑然一身，独守一生。"

"这也未尝不可，个人的自由嘛。"

"是呀。想死的时候，就自我了结了。"说时，声音里已带了哭腔。我不由得如痴如醉起来。

"可是爱子，无论是独身抑或怎么样，还是要尽早定好生活目标，认真经营自己的人生。如若不然，真到了要走的那一刻，便是可悲可叹了。"

"谢谢你了。今后，还希望你能多多帮助我。可以吗？"说着，她依偎在我的身上。帮助，意味着做她的情人？我便要成为第三个治兵卫了？可惜的是，我却拂了她的好意。

"可是笕某不是一直在尽力帮你吗？"

"那种人，他能有什么能力。"

"难不成已经让你乏味了？"说完，我抬高声音，大声喊道："笕先生！"

拖拽到河滩上的船边，笕某正独自坐在那里等着我们。我没去理会爱子，急忙径直走了过去。

"实在抱歉，让你久等了。"

"不用在意。"

两个人沉默不语，爱子朝我们走了过来。

我笑着冲笕某说："爱子刚才抱怨，说没有人来帮助她。我就拜托阁下啦，还请多多关照她。告辞了。"说罢，我转身离开了。

过河时，我回头看了一下，只见两人并肩走在一起。

你是小说家，是人性研究者。我如此详细地讲述了一遍，主要是想问问你，镰仓夫人是蛇蝎心肠的毒妇吗？是媚俗的女人吗？

能被你们奉为本能主义的先锋，我又所欲何求呢。

初刊于《太平洋》

明治三十五年（1902年）

酒中日记

五月三日（明治三十年）

"那人现在怎么样了？"闲谈中，总会冒出这种话来。但凡四五人聚在一起聊起往事，话题总是不知不觉地转到那些久已失去音信的人身上。

我，大河今藏，现下时分，恐怕也已成为大家的谈资了。

"话说回来，大河现在怎么样了？"升屋老者率先开了口。

"不会已经魂归西天了吧。"不知哪位死样活气地回了一句。

"真是的，像他那么倒霉的，能有几人。"老者的口气，仍是满腹惆怅。

承蒙挂念，真是感激不尽。然而，无论幸与不幸，大河我至今非但尚还健在，身体照旧颇为健硕，往后的几十年光景，恐怕还要在这世上继续打拼下去呢。不好意思地告诉你，在下今年才三十二岁。

估计任谁都想不到，我就住在一个弹丸之地的小岛上。

这个马岛，人口仅有一百二十三人，我在这里做教员，学生有没有二十人也未可知。说是学校，其实也只是一个私塾，给孩子们教授一些启蒙内容。这些众人不知，也是理所当然，因为即便是我自己，也做梦都未曾想到过，会流亡到这个岛上，过上这般日子。

俗话说得好，说曹操，曹操到。要是我突然现身，升屋的老者，恐是要惊掉下巴的。"你这是怎么回事儿？"估计好不容易才憋出这么一句话来。可聊了近一小时，他反而会更显得惊诧，会暗暗自忖："这人到底是怎么搞的，五年不见，连脾气都改了。"

能让人瞠目结舌，其中必是有原因的。首先，从没写过日记的我，现在也要提起笔来，把自己这么一个无足轻重之人的所有来龙去脉，逐一记录、细细道来了。单凭这一点，我就已和五年前的大河不可同日而语了。

啊，现在的感觉真是惬意呀。我已经深深爱上了这个岛，还有岛上的居民。濑户内海，居然还秘藏着这样一个小岛，能让我这种人逍遥在此，简直是天方夜谭。

若是小酌一杯再动笔的话，手是要抖的，可不喝的话，恐怕心是要战栗的。"啊，我是何等的懦弱呀。"终究有什么变化呢？还不是原本的自己嘛。

可爱的阿露来找我了，就此搁笔。

五月四日

一切都始于那让人刻骨铭心的十月二十五日。那天,我把升屋老者交给我的一百圆钱收进了抽屉里。此后每逢这一天,我便惶惶不可终日。一直以来,我都尽量避免去想及此事,而现在却犹冰释然。

往事一件一件,历历在目。

那时,我敦厚老实,有些酒量,却滴酒不沾。可以说,就是个严肃正直,墨守成规的人。

老一辈的人,对我均是心悦诚服,做什么都会叫上我。但凡公立八云小学的事情,哪怕买把笤帚,没有大河都办不成。当了校长后第二年,升屋老者居然还来给我说亲,于是我便娶了阿政。我们有了孩子。可他们母子俩身体都很羸弱,只有我,倒甚是结实。一家子过得还算安然无恙,日子却也平淡无奇。

然而,日清战争[1]爆发了,我军连战连捷,四海一片齐呼军人万岁,好像如若没有了军人,天下便要大乱一样。而此时,我的母亲和妹妹却随波逐流,走向了沉沦。

开始,母亲和妹妹跟我们一家人住在一起,可后来借口

---

[1] 即中日甲午战争。

拘束，搬去了赤坂，在新町开了间公寓。这公寓并不对外，而是那种寄宿式公寓。母女俩倒是很有派头，说什么反正房子也大，闲着也是闲着，不如招待些年轻人，并自诩，对来历不明者，恕不接待。

我实在看不过眼，屡次三番对她们加以规劝。可母亲生性刚愎，妹妹又极端任性，在母亲的姑息下，她竟学起了三弦琴，彻头彻尾地堕落了。然而，她们还口口声声："我们自食其力，你又能奈我何！"我的劝阻，只被当作耳边风。

如此相安无事地过了半年，日清战争打了起来，她们的公寓，成了军人的落脚点。起初接待的只是一个下士，可由此引来的一丘之貉便都齐聚而来，成天的觥筹交错，歌舞喧天。震耳的军歌，还有那些日本帝国万万岁的口号，闹腾得乌烟瘴气。母亲和妹妹就这样被腐化了。

是"守家卫国军人"的问题，还是母亲和妹妹的问题，现在自不必究诘。但无可争议的是，但凡家有千金的父母，不论是华族、富豪、官吏、商贾，无不渴望能有一个军人做女婿。

姑娘们觉得，傍着一个军人做情夫，那是大可招摇过市的。

军人，尤其是下士以下军衔的人，更自有他们的主张。姑娘、寡妇不用说，即便玩弄一下有夫之妇，也是他们理所当然的权力、国民义不容辞的义务。

从此，母亲也展开了她的攻势，经常到我这里借个三圆、五圆的。我极尽可能地偿其所愿，虽说手头上已很是拮据，但仍想方设法地给她筹措出来。

月俸十五圆，仅够家里三人勉强糊口，哪里来的剩余？小学教员难道就该一日三餐的朝齑暮盐吗？可就这样，在课堂上，还要教育那些七到十三四岁的孩子，要他们懂得尊崇保家卫国的军人。没办法，这就是时代的号召。

我这么一个唯唯诺诺的人，也只有奉命唯谨了。

虽说如此，母亲和妹妹的节操已拱手相让，奉献给了军人阁下，可还要从我的十五圆月俸里，瓜分出三圆、五圆，供她们骄奢淫逸！即便我这个老实巴交的人，也未免难以接受。

酒要醒了，今天就到这里。

五月六日

昨天来了三四个年轻人，一下喝到了半夜十二点多。大家无不尽情扯着沙哑的嗓子引吭高歌，以至于筋疲力尽，不知何时倒头便睡，一睁眼，已是天光大亮。昨天的日记就先休息一下吧。

哎呀，这教员当的，真可谓是轻松呀。成天只是对酒当歌，抱着可爱的阿露，耳鬓厮磨。可在这个岛上，没人指责我不具备做先生的资格。

虽说大家并没有表现出对我过分的尊敬，但不知是何人拿来的，说不准一会儿是鱼，一会儿是菜的，竟放在我的厨房里。更有些老人，还会拎来一瓶酒："先生，您别客气，这也不是什么本地佳酿，就凑合着让阿露陪您喝两杯吧。"说上一声，便放在廊子上走人了。

啊，自由自在乐陶陶。没有母亲，没有妹妹，没有妻儿。无欲无求。可就我这般德行的人，还能欣赏到阿露的可爱，难道不是很有意思嘛。

但又有何不可呢。正因为可爱，我才会喜欢她，只要有阿露，死亦瞑目。

十天前，我坐在廊子上把酒问月，烟波浩渺的海面，如同湖水一般，飘然朦胧。阿露为我斟着酒，蓦地，我想起了死去的妻儿，还有身在东京的母亲和妹妹，想起了自己的颠沛流离，不由得潸然泪下。阿露见状，睁大了眼睛，里面饱含了泪水。在此之前，我从未在阿露面前落过泪，阿露也没在我面前哭泣过。多么可爱的姑娘呀，我大河，一个大眼猴似的丑八怪，何不成有什么稀奇之处，能让她朝夕相伴，用她那颗少女之心，来百般慰藉我。

我对自然生三吉[1]没有任何可指摘的，今时今日，我还所欲何求呢。这个岛上，既没有光辉灿烂的历史，也没有能为国家效力的军人，岛民生于斯，死于斯。待到我离去的那一天，只盼可以按时下风俗，长眠于山阴处那片静寂的墓穴中，与沉睡在那里人们为伍，化为岛上的一抔尘土。

　　"你就把阿露娶过去，在这儿扎根儿吧。反正你就一个人，即便什么都不做，岛上的人也会养你一辈子。"六兵卫跟我说起这话时，让我百感交集，鼻子发酸。

　　这么看来，说不清楚是哪儿，我身上好像总是笼罩着一层哀愁，很容易让人为之怜悯。抑或是我性格所致，本就喜欢与别人亲近，自然也就让人感同身受，得到倍加的关照。

　　无论怎样，我骨子里就不是那种毅然决然，可以对人断然拒绝的人，也不是那种悟性颇高，立刻能够开窍的人。即便心里有什么其他想法，行动上也不会绝决地做出来。

　　唉，可悲可叹的无用之辈！无怪乎明知开公寓对母亲和妹妹百害而无一利，却无法阻止。明知道母亲和妹妹，堕入了荒淫腐化不检点的深渊，还是未能义正词严地加以阻扰，

---

[1]　自然生三吉为净琉璃剧目《丹波与作待夜的小室节》《恋女房染分手网》中登场的儿童角色，是一名不问世事的放马少年。文中想指涉的情节是在《丹波与作待夜的小室节》中，三吉邂逅了声名显赫的母亲，但告诉母亲"自己别无所求"只盼能和父亲朝夕相处。

即便是一番唇枪舌剑的争论，也是快快地败下阵来。日子已是捉襟见肘，却还要百般不甘地东拼西凑，斥资供母亲和妹妹饮酒作乐。

二十四日晚，我收到了母亲的来信，上面写着"明天二十五日，我会登门打扰，届时务必备好五圆钱"。看罢，我不禁付之一叹，揣着手，低头耷脑地坐在了长火盆旁。

"这是怎么了？"病病歪歪的妻子惊问。

"你自己看吧。"我把信递了过去。看完后，妻子不声不响地叹了口气，放下了手中的信。

"怎么老是这样强人所难呀！"

"真是的……"

"已经囊空如洗了吧？"

"就只剩下一圆了。"

"就算有钱，给了她们，咱们怎么办？没关系，明天母亲来了，我会断然拒绝的。再说了，咱们自己不也是入不敷出吗。要说现在为了给母亲和妹妹保命，或是什么其他正当理由，我都会尽心竭力的，借钱也罢，哪怕当几件衣服，怎么也能筹措来三圆、五圆的。可这钱拿去，却是给那些当兵的消遣纳贡！行了，你看着，明天我就一口回绝了她们，要是听不进去的话，那就随她们便了。"

"千万不能这么说。"

"为什么？还就得说，明天我准保说！"

"你难道还不知道母亲是怎样的人吗？她一定又会大哭大闹的，光是让邻居听见，倒也无妨，可对咱们的名声不好呀。而且，要是你这么一说，母亲转头便会迁怒于我。即便没有这回事，她也会四处张扬，说什么婆媳不合，没法住在一起，迫不得已搬出来，被逼无奈，也只得开了那家公寓。"说到这里，阿政已是泣不成声。

"可现实问题是，母亲明天就要来了，有钱给她吗？"

"明天上午！无论如何我都会想出办法的。"

"无论如何都会想出办法？！能想的，我还不早就想过了。可这不是实在没办法了吗！"

"这回你就听我一次，总会有办法的。"

话都说到这份儿上了，我也不再争辩，强打起精神，忙活了一会儿校舍改建的事，便自睡下了。

五月七日

刚睡下去没多久，我猛然惊醒，不是那种自然睡醒，而是感觉有一只手，从黑暗中伸出来，把我摇晃醒了。

那时，学校正在改建，我是组委会的委员长。除我之外，还有六个人，但都有名无实，真正实干的，也就是我和升屋老者。项目从预算到捐款，事事由我一手经营，诸如土地买卖、报价协商、与承包商交涉、催缴捐款、现金的出纳，方方面面都要亲历亲为，因此算盘珠子是整天不离桌面的。也许是天性使然吧，我向来兢兢业业，本来从早到晚就总是提心吊胆，母亲和妹妹又自甘堕落，苟且偷安，给我平添了一层烦恼。现在又多出一个母亲的无理要求，让我头疼欲裂。那晚，我睡得很不踏实，做了一夜的怪梦，自己也不知道是睡着了，还是清醒着。

突然，好似听到什么响动，我从睡梦中惊醒。有小偷吗？我半坐起身，四下里张望了一下，死一般的寂静，哪里有什么动静。这是梦境，还是现实？我头脑错乱，混沌一片。

我有种毛骨悚然的感觉，肯定是再也无法入睡了，二话不说便起身出来了。

隔壁是间八叠大的房间，我特意开着一扇纸门，可小洋灯的光亮，依旧照不到门口，里面漆黑一片。我们睡觉的屋子也只有六叠，棚顶已是烟熏火燎的乌漆麻黑，看上去，房间里似有种淡淡的雾霭弥漫着。

妻子阿政已然酣睡，两岁的助儿睡在她一旁，脸蛋贴在小枕头上，可爱的小手无所忌惮地伸到了母亲下巴上。阿政的脸色很差，本就苍白没有血色的脸上，夜里看过去，更像是死人。加之头发凌乱，两颊凹陷，明显是积劳成疾，心力交瘁所致。我蹑手蹑脚绕过她枕边，拿起了长火盆上的小洋灯。

侧耳细听了一会儿，不见有什么动静，有必要去八叠的房间看一下吗？我戳在原地，一时没了主意。可刚才确乎听到了拉开衣柜的声音，是纸门拉开时，发出的那种嘶嘶音，是梦里听到的，还是真实发生的？不管怎样，我轻手轻脚地走进了那间八叠的屋子。毫无异样。穿过走廊，我进到厨房，在黑暗中窥视着，冷空气中夹带着一股味道，扑面而来，让人很不舒服。我站在门口，小洋灯高举在头顶，把黑黢黢的犄角旮旯都看了个仔细。这时，我发现灶台旁有个黑色包袱，一半露出在外面。好是蹊跷，我打开包袱一看，里面是条女人的腰带。

这难道不奇怪吗？这是阿政外出时专用的一条腰带，是升屋老者特别送给她的贺礼。怎么会藏在这里？

一定是趁我熟睡时，阿政悄悄从衣柜里拿出来，准备明天一早拿去当铺，抵押些钱来，好给母亲的。想到这里，眼泪夺眶而出，我也顾不得去擦拭。

我把腰带按老样子收进包袱，放回了原地。回到寝室，坐在长火盆旁，吸着烟，我陷入了沉思。"我真是母亲的亲生儿子吗？"这念头既怪异，又让人心酸。现在看来，我的脾气秉性，与母亲、妹妹真是迥然相异。十岁我便与父亲天人永隔，自己的性情，是不是更多地随父亲呢？这已是不解之谜。隐约记得父亲为人温厚笃实，从不曾厉声叱责我和母亲。记忆中有一次，母亲对我破口大骂，将我绑在柱子上，还是父亲替我解的围。而后，母亲便迁怒于父亲，冷言冷语，极尽刻薄之词。这让我想到了父亲，想到了母亲，进而，又让我联想到舐犊之情、兄弟之谊、夫妻之爱。在此之前，我从未探究过人情世故的奥秘，现在终于初见端倪。

我想到阿政的可怜，助儿的可爱，对父亲的思恋，和对母亲和妹妹的憎恶，儿时的一幕幕浮现在眼前，颇让人感怀今昔。突然，我想起了捐款的事情，心里的不安七上八下，进而连操场上要铺石子的事情，都一股脑儿地冒了出来，脑子里更觉错杂，感觉心烦意乱，神经紧绷，焦躁不安。

啊！那时我为什么不喝点儿酒呢？现在，我在这里吧嗒吧嗒嘬上一口，喝那么一点儿，便有了醉意，那种微醺的感觉，让人兴致更高，当时怎么就不来点儿呢。

五月八日

第二天便是十月二十五日，对我来说，就是一场无妄之灾。

那天是星期日，早晨起来，我也不急于吃饭，抱上孩子，在院子里一边转悠，一边想：腰带的事儿，还是自己提出来，加以阻止为好吧。

可一旦阻止，也没有其他办法可以弄到钱。而要是断然拒绝母亲，妻子又不同意。这么看来，只有装作不知，任由妻子去行事了。

吃完早饭，我立刻回到桌旁，又忙起了校舍改建的事。正在此时，篱笆外面，传来升屋老者的声音。

"早哇。"话音未落，人已经绕到了廊子前面。"一大早就忙活起来啦！"

"难得的一个星期天，这阵子都忙晕了。"

"哈哈，马上就能解脱了。等学校弄得漂漂亮亮的，咱们好好杀一局，我现在可是心痒难耐，跃跃欲试呢。"

老人坐下，取出了烟袋。我和这个老人，另外还有一个村里人，一个镇里人，一个地方办事处的医生，外加一个派出所的巡警，我们五六个人是围棋棋友。尤其我和升屋老者，一有闲暇，便凑在一起，屏气凝神在方寸之间，对弈一局，乐此不疲。可改建的事情一动工，不知别人怎样，对于我，围棋这唯一的嗜好，也不得不束之高阁了。

"下月底也不见得能完工。"

"好在寒假将至。想想看，到时围炉品茗，厮杀一盘，那才别有意趣呢。"老人说着，从怀里掏出一张报纸，展开第二版指给我，正色道：

"你看看这个。"

上面刊载着一则新闻：某地方小学，新校落成仪式当天，廊柱突然坍塌，砸倒四五十名儿童，其中重伤二名，轻伤三十名。

"我的天。怎么搞的。"

"不是我说的，像这样克扣工程造价，迟早会是这般下场。原先生那帮人，整天喊着经费支出过度，把这个拿去给他们看看，看他们还有什么话说。事关几百名儿童的性命，自然是要建得坚如磐石。今天我必须得去找一趟原先生，把这篇报道给他看看。"

"施工方面，我们是不会马虎的。但从这次的设计图纸来看，预算整体并不算高，毕竟这么大面积摆在那里，八千圆可算是太便宜了。"

"唉，正因为这个价格，让我整天耿耿于怀。可毕竟是大家讨论后，一致通过的，只能按此预算走了。该不会就那么凑巧，一个廉价栏杆，刚一造好就倒了吧。"说着，话音一转，"捐款是不是还差两三家大户没收上来呢？"

"还差三家。"

"那我现在就去看看。"

"好吧，那就劳烦您去一趟大井家。他托话说，钱已经准备好了，让人今天过去收呢。"

"是一百圆吧？"老者叮问了一句。

"是的。"

华族大井家离此不远，老人便朝那个方向走了。他前脚刚走，后脚阿政就回来了。趁我和老人聊天的功夫，她已经去了趟当铺。

"钱准备好了？"我明知故问。

妻子回道："准备好了。"说着，解下背上的孩子，放在腿上。

"哪儿弄来的钱？"这一来，我反倒不好不问了。

"管它什么办法呢。我……"说着，脸上露出了笑容，却隐隐透着丝丝的寂寞。

"啊，对了，说好了这事不要我插手的……还有，母亲来了，你看我要不要再劝劝她，把公寓关了，跟咱们一起住？"

"说也白说。"

"不见得吧。就看有没有诚意了……"

"没用的，这反而会让她更不开心。"

"高兴也罢，不高兴也罢，如果不说，今后还不知会惹出什么乱子来。"

"是呀……不过千万别提那些当兵的。"

"我怎么可能说那个呢。"

不到一个钟头，升屋的老者就回来了。一屁股坐下就说："一切顺利！"

"辛苦您了。"

"这是一百圆，就交给您啦。您过下数。"说着，把一个纸包推到我面前。

"今天是周日，银行休息，能不能先放在您家暂存一下？我这里不太安全。"听了我的话，老人笑着打断我。

"放心吧，就今晚一宿的事儿。放我那儿，还不是一样，又不是酒馆准备了保险箱，哈哈。大井家算是收回来了，剩下两家打算让谁去？"

"下午我就准备走一趟。"

升屋的老者走了。我把包着一百圆钱的纸包，放进了桌子抽屉里。

五月九日

我写的是五年前的事情。写的是十月二十五日发生的事情。越写越烦，难以继续。

可我还是要写，要一边喝酒一边写。这阵子，我常和岛上的年轻人，一起练习义太夫节[1]。对呀，边吟着"玉三"[2]，边来写，这样才有意思。

——吃罢午饭，我正准备出门，母亲来了。刚刚还嘱咐妻子，要是母亲来了，一定让她等我回来。

母亲肤色偏黑，目光犀利，咄咄逼人。从面相上一望便知，性情乖戾，蛮不讲理。母亲的身材与我出入较大，瘦瘦高高的个儿，说起话来，总是恶声恶气的。

站在母亲面前，妻子就更显得楚楚可怜了。一句话还没说完，母亲已经有三五句等着了。妻子说话慢条斯理的，母亲却如同发号施令一般，咄咄逼人。母亲不出三句话，便要破口大骂，妻子呢，被这一骂，竟吓得面色苍白，缩成了一

---

[1] 义太夫节为江户时代前期大坂的竹本义太夫创始的净瑠璃之一种，"节"即曲调，音乐华丽的曲节是其特征。

[2] 净琉璃剧目《玉藻前曦袂》由近松梅枝轩与佐川藤太合作改写（原作浪冈橘平，1751年首演）。其中第三场"道春馆"为经典段落，场面豪华，广受欢迎，多次上演，而后成为折子戏，独立出演。"玉三"即为对第三场的通称。

团。同为女人，却又如此不同，简直是匪夷所思。

母亲大人，终于大驾光临了。

刚到门口，还不等人招呼，便已大模大样地进到屋中，一屁股坐在火盆旁，"收到我的信啦？"一开口，便把我们的斗志彻底碾压了下去。

"收到了。"我答道。

"信上提到的事情，都办妥了？"

"都准备好了。"阿政小声应着。母亲这才缓和了口气。

"啊，那就谢了。每次都要麻烦你们，我也确实过意不去。可我这边，该收的钱收不回来，也知道你们困难，但走投无路，只好……"说着，脸上带出了一抹笑容。

仔细端详之下，倒觉得母亲相貌并非庸俗浅薄。她面容柔和，正经起来，那咄咄的目光，倒似带了种威严，说不上什么地方，像是一位高贵的夫人。

"哪里，您不用客气。"阿政说完，便低头抚弄着助儿的头。母亲看了一眼阿助，那副关爱孙子的模样，简直形同他人。其实根本就是逢场作戏。在不同的时间和情形下，怎么着都是要随声附和一下的。

"阿助的脸色不太好呀。本来身体就弱，还是得多加注意才成。"说着，便转向我。

"学校那边怎么样？"

"实在是太忙了，简直有些焦头烂额。一会儿还得去收捐款，正准备出门呢。"

"这样呀，那你忙去吧，不用管我。今天正好是星期日，我也没法久留。"

"是呀，周日肯定会有很多当兵的要来吧。"我有口无心地说了一句，没想到母亲还是很在意，稍稍有些动容，语气中带了些怒意。

"什么意思，我那里住宿的，都是些当官的，周日和平时没有任何区别。只不过，一到周日，总会有些士兵来玩玩，做长官的怎么也得让他们喝个痛快再回去呀，我们自然就得忙活起来啦。军人总是那么生气勃勃。"

"闹了半天，是这么回事儿啊。"我心不在焉地应付了一句。母亲脸色更难看了。

"难道你不这么认为吗？这场战争，要不是有了这些了不起的军人，我方能走向胜利吗？日本就靠了这些军人，我们是最爱这些军人的！"

这种气氛下，请她们来同住的话题，我哪里还说得出口。假如再把坊间那些品行不端的传闻搬出来，或是再给出些良言忠告，不知母亲又会怎样地勃然大怒了。如此看来，妻子对我的劝阻，不无道理。

"我最厌恶的就是那些教书先生。看他们，眼睛总是眨巴眨巴的，像个逮不着蚊子的癞蛤蟆。"她从前也这样骂过我。

不等她接着癞蛤蟆的话题往下展开，我赶忙插嘴："有事儿出去一下，您且慢坐。"轻手轻脚地就溜了出来。唉，真是没用的人呀。

现在想想，之所以母亲能明目张胆，从我这里虎口夺食，让我堕入不幸的万丈深渊，也是情理之中了。从一开始，我们夫妻俩，便已经被母亲拿住了。对她的所作所为，我们虽是愤怒、痛恨，甚至出言不逊，但却敢怒不敢言。

正所谓人在屋檐下，怎能不低头呀。换作现在，再来试试！看你还有什么花样可说。

"母亲，如此说来，您是最喜欢当兵的啦！"我横眉冷对地看着母亲。

她的反应肯定是："什么？好！好！好！你敢再重复一遍！"眉毛倒立，一副咄咄逼人的架势。

"多有得罪，请您见谅。我先自罚一杯。"端起杯子，我敬上去，"父亲在九泉之下……"就这样，精彩的对论开始了。唉，那时，我怎么就那么蠢。

海边不知是谁，哼着歌走过去了。一定是吉次，这家伙的嗓音就是好。

五月十日

从外面回来，已经是三点多了。妻子伏地而泣。

"怎么回事，出什么事儿了？"大惊之下，我连忙问。阿政已是哭得泣不成声。她最大的本事就是抹眼泪，稍有不对，便泪流满面。不过这次好像非比寻常，我越问，她倒哭得越是厉害。这反而让我更是慌了手脚。我赶忙端来一杯水，安抚之下，才逐渐搞清了事情原委。

闹了半天，阿政的一番苦心，并没让母亲称心如意。好好的一条腰带，也只当了三圆钱，无奈之下，阿政等我出了门，把三圆钱交给了母亲，母亲一看之下，勃然大怒。才有了以下两人的对话：

"我信上说的可是五圆呀！"

"可现在手头上就只有这些……"

"你刚才不是口口声声地说准备好了吗？"

"这三圆还是勉强凑出来的……"

"哦，勉强才凑出来的。实在抱歉，让你费心了。这钱是从当铺弄来的吧？这种来路的钱，我可受之有愧。简直欺人太甚，算了吧，我等今藏回来。我倒是要好好问问他。"

"千万不要，这事儿他不知道……"

"什么？今藏不知道？真想不到呀，何不成这钱是你背地里借来给我的？别编了，说这些没用。肯定是今藏的意思吧，'把这三圆拿去，赶紧给她打发走'。好吧，我等着他。等到天黑，看他还能怎么说。"

"他真的不知道，这件事他一无所知……"妻子哭得说不出话来。

"哭个什么劲儿呀。听自己男人的话办事，有什么错的。哼，说不上两句就抹眼泪，好像我多刁钻似的，我是那么难缠吗？"

任凭母亲怎么说，妻子就是一味地抽泣，母亲只管说她的。

"没钱就是没钱，直说不就好了。让我从新町，大老远地跑到这鸟不拉屎的青山来，就为了拿个三圆钱，我这身老骨头，还没那么闲在呢。不争气的东西，连自己老娘和亲妹妹都养不起，还要让她们靠着寄宿公寓来糊口，竟然还能满口忠孝礼义的，给孩子们传道授业，这种先生真是少见呀。反过来阿政，你倒是很幸福呀。甭管他孝顺与否，倒还真把你当成了宝贝儿。可你看看阿光，成天得看着当兵的脸色混饭吃，你就知足吧。"

言语之中，极尽讽刺挖苦。母亲坐在那里又抽了会子烟，看了一眼时间说："反正他是能躲就躲了，估计一时半会儿也不会回来的。走了，还有很多事情呢。回去还得忙乎给客人

准备饭菜。"突然她站起身来，

"拿纸笔来，我给他留个条儿。"说着，便靠近了桌子。

正在此时，阿助那边号啕大哭起来，妻子连忙抱起他，来到院子里，自己一面落泪，一面在篱笆墙外踱来踱去，哄着孩子睡觉。没过一会儿，只听母亲大喊起来："阿政！阿政！"

妻子连忙回到房里，只见母亲横眉立目地盯着她：

"用不着连你也逃走吧。把人都当作傻子啦。我也不写什么了，等他回来，你就转告他：这三圆钱，我一分不要了。"把钱往桌子上一摔，接着说，"我不会再来了，今藏也不用去看我们，他不认我作母亲，我也不认他这么个儿子，就这么告诉他好了。"

母亲气势汹汹地走了。妻子哭倒在地。

我把原委仔细听了一遍。要是现在，我肯定会说：

"挺好！自己不要，那连这三圆也没有了。别哭了，哭什么，这不是挺好的嘛！按她这么说，既然母子关系已绝，也没什么办法。强词夺理，也该适可而止的。"

可那时的我，却并非如此。被人看作不孝，实在让我耿耿于怀。心里的芥蒂，也是有多种原因的：首先是面子问题，这样一来，我就失去了为人师表的资格，自然是于心不安。其次三圆的事情，我并不知晓，这样看来，好像的确是我的不对。

"这倒是麻烦了。"我揣着手，叹息起来。

"自己开了个公寓，可让人听起来，倒好像是我的不是。不管啦，今晚我过去一趟，这三圆，无论如何得让她们收下。"

五月十一日

今天，一早起来，便是风雨交加。静如湖水的海面，涛声阵阵，山林聚啸。

今晚阿露不会来。刚才和我一起痛饮的年轻人，都已回去了。我有种微醺的感觉，很是陶醉。喝醉的人，总是不胜寂寞。我是孤独的。

人生于世，所谓何求。自己既非哲学家，亦非宗教家，对高深莫测的道理，我所知甚少。只是此时此刻，我唯感人生无常。

是呀，人生皆悉无常。抛开现象界不说，真实，往往即为无常。

倘若人生没有无常，那无论你坠入怎样的境地，恐怕都不会像我现在这般，感到如此深痛的悲哀。

亲子关系、手足同胞、大千世界，但凡有人的地方，周遭总有一种直抵人心的力量，能让人撑下去的力量。一旦这股力量消失了，你便宛如山顶上一棵孤零零的松，形单影只，你大可住到无人岛上去好了！在风狂雨急，怒海狂涛之际，你还能感到人之生命，这个得以存活于世的性命，能有多少的快乐吗？你还能感到任何的希望吗？

因而，情感便是人之食粮。如同米和肉是人的物质食粮一样，母子关系、男女情侣、朋友挚交，所有的感情维系，乃人的精神食粮。这绝非比喻，而是事实。

土地是靠肥料的滋养，人是借语言进行情感浇灌的。

如此看来，上帝把人创造得太过神奇了。不，是由猿进化到人，太过玄妙了。

哎呀，有人敲门，在这风雨之中？是阿露，我可爱的阿露。

是的！由猿进化为人，太过玄妙了！

五月十二日

昨夜正自写到寂寞的心绪时，阿露来了，也就没有接着写下去。言归正传。

但凡阿政是个有主见的人，看到我大晚上出门，拿着三圆要给母亲送过去，必定会气急泪下："母亲不是说了，从当铺换回来的钱，她不稀罕，用得着你再送过去吗！"可惜呀，阿政不是那种人。听到母亲的挖苦讽刺，她只会流泪，那种眼泪，也只是因为伤心而落，加之我的好言劝慰，她慢慢自可以平复，还能有什么更多的抱怨呢。

　　然而，母亲把我的一百圆偷走了。别看我现在写下这文字时，看似冷静，可你知道，当我拉开抽屉，看到包着一百圆的纸包不见时，"哎呦！"的那一声惊呼吗？真已是急得说不出半句话来。

　　"阿政，你动过我的抽屉啦？"

　　"没有。"

　　"可刚才还放在里面的捐款，怎么就不见了？"

　　"啊？"阿政失声喊了出来，面色苍白。我急忙把另外两个抽屉也拉开，逐一翻找，可丢了就是丢了。

　　"刚才母亲说要给你留个条，拉开过抽屉！"

　　"就是这么回事儿了！"我一拍大腿，汗如雨下。那一刻的感觉，宛如立于悬崖绝壁之上，岌岌可危。

　　我呆若木鸡，茫然地望着抽屉，泪水不自知地流了下来。

　　"未免太过歹毒了！"我总算是挤出这么一句。妻子仿佛已是泪泉枯竭，只是木木樗樗地看着我，没有血色的嘴唇，瑟瑟战栗着。

"这么说，是母亲……"她还要继续说，让我挥手制止了。

"别作声，什么都别说。"我环顾四周，接着道，"现在我马上去一趟新町。"

"可是你……"

"不行，我要见一下母亲，把东西要回来。太过分了，简直太过分了。再怎么是长辈，这种事上，也不能听之任之。可她怎么能做出这种卑鄙下作的事情呢……"

我的眼泪止不住地流，妻子终于也落下泪来。夫妻二人束手无策，只是相对而泣。这么一想，母亲能把三圆钱扔回来，断绝母子之情，愤然拂袖而去，其所用心，是显而易见啦。

"我去去就回。不能纵容母亲甘当窃贼。你不用担心，在家里好好等着便是，我一定会给要回来的！"说完，急忙收拾了一下东西，从手提箱里，取出亡父的照片，揣进了怀里。

这是一个小阳春的周日，青山大道上人来人往，晴空万里，风和日美。人人都在醉生梦死，唯有我一个不幸儿，怀着好似寻梦般的心情，走在这条路上。回想起当时的情景，即便是现在，对东京这样的大都市，仍是感到深恶痛绝。

刚走到太子宫附近，忽听有人喊"大河君！大河君！"

转头一看，是斋藤，也是改建委的一员。他笑呵呵地走到近前："真是对不住啦，什么忙都没帮上，捐款收得差不多了吧？"

一听到捐款两字，我不由得心里一紧，就回了几个字："差不离了。"马上把头别向了一旁。

"有什么需要跑腿的，尽管吩咐好了。"

"谢谢。"我干巴巴地回了一句。斋藤大概瞧出了我的忐忑不安，满腹狐疑地看了看我，说了一声"失陪"便离开了。估计他不用走出十步，肯定会回过头来打量我的。我不由得缩了缩头。

见到母亲，该从何说起呢？离新町越近，心情便愈加沉重。要是母亲反攻倒算，大发雷霆怎么办？一想到母亲横眉立目的样子，我不由得停住了脚步。要是她矢口否认，坚决不还怎么办？一想及此，心里便若压了一块石头，可没有办法，还是得强打精神，继续走下去。

门牌上赫然写着"大河登美"。房子是两层小楼，格子门，乍看上去，以为是什么小官小吏的府邸。因门牌上写着女子的名字，外人看来，会以为这家里是放贷的。我一度想打退堂鼓，不如写封信去说明一下算了，可转念一想，毕竟事关重大，一咬牙，便跨进了格子门。

五月十三日

穿过厨房，只见母亲靠坐在长火盆另一侧，一副凶神恶煞的表情，算是对我的迎接。铁壶里正暖着酒。楼上当兵的，喝得正在兴头上，出乎意料的，倒是很安静，只听见妹妹阿光的轻薄嬉笑，以及两三个男人粗鲁的声音。母亲一言不发，目光犀利地注视着我。突然，她提高嗓门，冲着楼上大声喊道："阿光，酒热好啦。"

"来啦。"阿光答应着下了楼，一眼看到了我。

"呦，哥哥。"话语间透着冰冷，神色颇感意外。那副浓妆艳抹的打扮，简直像是酒馆的陪酒女郎。她在母亲凶巴巴的脸，和我板着的面孔上来回扫视了一圈，说"对了，母亲，再来点儿寿司。"

"哦，要多少？"

"多少？您斟酌着定。还有，他们要您也一起上去。"

"哦。"说着，母亲用异样的眼神看了一下阿光，阿光便不再多看我一眼，径自上了楼。我只是坐在那里，等待着母亲开口。

"你来这里干什么？"母亲爱搭不理地说了一句。

"刚才有些失礼。"我尽量保持镇静，强自装出一副若无其事的样子。

"哪里的话，总给你添麻烦，我倒是很过意不去呢。走的时候，我跟阿政交代了几句话，她可曾转达给你？"语气依然是冰冷、刁蛮，说着站起身，"我还要去招待客人，你要是有事儿，就等一会儿吧。"说完便走出了厨房。

我环抱双手，呆坐在原地。我的亲娘呀，你怎么就这么狠毒呢。看她那副泰然自若的神色，即便和她明说了，恐怕也无济于事。哎，还不如公之于众，干脆摊牌算了。可现在，母亲从自己儿子的抽屉里拿走了钱，即便是公款，碍于亲子之情，为儿的，何不成还能去告了自己的母亲？上诉不成，母亲又不退还，唯一的办法，只有自己悄悄补上这笔钱了。从八千圆的巨款里，稍作些手脚，抹去这一百圆，也不是没有可能，可出不了几个时辰，还是会水落石出。更何况，就在刚才，这个想法一冒头，我就把自己吓得抖似筛糠了。可让自己偿还的话，钱又打哪儿来呢？

越想心中越是没数。唯一的办法，只有从母亲那里把钱要回来啦。正自想到此处，母亲回来了，二话不说，坐在了火盆边。

"怎么样？她告诉你了吗？"说着，取出长烟袋，吸了起来。

"告诉我什么？"我看着母亲。

"算了，没说就算了。那你这会儿过来，有什么事情？"

我从怀里把那三圆掏出来，放在火盆边，

　　"虽说这里还差了两圆，可这是阿政费尽千辛万苦才弄来的钱，您先收下，不然的话……"

　　"这钱我不要了。从今往后，我也不会再为难你们，你们也不用再把我当作母亲，这样一来，你们岂不解脱了吗。"

　　"母亲！您怎么这么说话！"我强自忍痛说道。

　　"吓着你啦？那我道歉。不过，要是早在一年前我就说出来的话，你们早就幸福了。"

　　好个尖酸刻薄。如果放在今天，我肯定会斩钉截铁地说："是吗。这样倒好了，那就承您贵言，今后我不再认您为母亲，您也不必再认我这个儿子啦。否则的话，不知道还会闹出什么事情，到时让您对我恨之入骨呢。顺便问一句，今天您走后，我抽屉里的一百圆钱，也随之不翼而飞了，这是怎么回事？会不会您把它当作废纸，顺带手揣进了怀里？说来听听吧。"我会声如洪钟，直击她的软肋。

　　"什么？！竟然把自己的母亲当贼啦！这话我可接受不了。"就等着她这么说呢，我冷笑一声："这倒是奇怪啦。我们不是已经断绝母子关系了吗！没关系，如果您没拿就好，我这就去报案，一五一十地都说出来。"我毫不留情地一番痛斥，母亲该是败下阵来了。可那时的我，又怎么能有如此的气势呢！

母亲的一番冷嘲热讽，让我一时语塞，有口难辩，唯有怀揣两手，头埋得更低，扑簌簌地掉着眼泪。

"母亲，您太过分了。"我只挤出这么一句话，可母亲依旧是不依不饶。

"我过分？这说的是你自己吧！成天只会哭哭啼啼的，烦死人了。"

我黔驴技穷，回不出一句话。万般无奈，也只好强打起精神，掏出父亲的照片，放在母亲面前。

"请您看在父亲的情面上，母亲，求您了……请您还给我吧。否则的话，我就……"我刚想以情感人，母亲刷地一下勃然变色道：

"哎呦，这又是哪一出呀。太可笑了吧。把你父亲的照片拿出来，到底想干什么？！"

"请您别这么说，麻烦您还给我吧。把您今天拿走的东西……"

"今天从一上来，你就满口胡言乱语的，我到底跟你借什么了？"

"我不再乱说了，您也别生气了，还请您把它还给我吧，不然的话，真没我的立足之地了……"不等我说完，母亲往火盆边靠了靠，嗓门提高了八度："岂有此理！你的意思是说，今天我从你那里拿走什么东西啦！这我就不能等闲视之啦！"

"哎呀，您别那么大声……"我有些惊慌失措。

"声音大又怎么了？我想多大就多大……有种的，你再说一遍。必要的话，我把阿光也叫来，咱们当面掰扯掰扯。"她一副剑拔弩张的样子。就在此时，二楼的笑声停止了，显然是各位都竖起了耳朵，探听着楼下的情形。我狼狈不堪，有口难言。正在手足无措之时，只听厨房门口传来一声招呼："让您久等了。"

母亲叫道："阿光，阿光，寿司送来啦。"阿光从楼上走了下来。格子门突然被人拉开了："你好！"进来一个军曹。他仅是瞥了我一眼。

正巧看到阿光端着一盘寿司，"承蒙款待啦！"他脚步踉跄，一屁股跌坐在火盆边。

"哎呀呀，瞧您这气色，容光焕发的！"刚刚还睥视我的母亲，转眼一副谄媚的笑容，"您这是打哪儿来呀？"

"哈哈，这可是军事秘密，"军曹满嘴的酒气，"先给来杯茶吧。"

"这不给您倒着呢吗。真是急性子。"母亲满满倒上一杯，端了过去，好似完全忘记了我的存在。

只听二楼大呼小叫地喊了起来："大塚，大塚！"

"您就下来说吧！"母亲喊着。大塚军曹冲着楼上叫道：

"阿光，阿光。"

卖豆腐响亮的吆喝声从外面传来，街上已是人声鼎沸，临近傍晚了。看样子也只能这样了，我急忙站起身，打算回去。母亲却突然柔声细语地冲我说："这就回去了嘛？忙什么呀。那你有空再来吧。"在军曹面前，她简直判若两人。

出到门外，我并无心即刻返回。可仔细想想，这件事也不是能和旁人诉说的，祸从天降，心中的那丝悲凉，只有自知。我失魂落魄地游荡着，不觉来到了蓄水池旁。

已然是无计可施了，但无论如何，还是得想出办法来。天色已晚，到了晚饭时分，可我丝毫没有胃口。

突然看见山王台的林子里，聚起了一群乌鸦，不如去那里坐一坐，沉下心来，想个主意才是。于是我便走过了日吉桥。

呜呼哀哉！可怜的先生！我真想呐喊一句，瞧瞧你那副穷途潦倒的寒酸样儿吧！酒，酒，那时候怎么就没有冲进荞麦铺里，痛饮上两杯呢！

五月十四日

坐在长椅上，四周寂寥无人，树木繁密，列列森森。我一动不动，呆坐了不知几个时辰。落日斜衔，四下里漆黑一片，我仍是毫无所觉，只管两手挽臂，唉声叹气，陷入冥思苦想当中。

想不出任何切实可行的办法，转而沉溺于种种幻想。破灭了，再想，念头接二连三地冒出来，如此反复，好似永无止境。

——因情之所钟，母亲和阿光被军曹杀害了。刚想到这里，悲剧便一幕幕地在我眼前拉开，我好像看到母亲和阿光血肉模糊，东藏西躲地在逃亡。母亲边跑，口里边喊着自己的名字，"今藏，今藏"。我奋不顾身地想要冲过去救她，却被一个当兵的按在那里，动弹不得……啊地一声大叫，万念俱灭。

——自己拿着一百圆，想要存进银行，途中却被小偷窃去，我要报警。可万万没想到，自己反被当作涉案嫌疑人，扣押了起来。在押期间，阿政和助儿因病而死……这般凄惨的幻像，一发不可收拾。

——校舍竣工了，落成仪式上，升屋老者那张喜上眉梢的脸，无不一一浮现在眼前。

唉，要是能有一百圆，一切便都迎刃而解了！自己从没在钱上被难倒过，可事到如今，才知道金钱的威力竟是如此之大。仅是这么区区的一百圆呀！如果有了这笔钱，母亲也不至于去做贼。就算是让母亲拿走了，但凡自己有钱，我们夫妇二人，也不至于穷途末路，到了今天这般地步！钱这东西，真是让人又爱又恨。我对那些衣食无忧，日子过得怡然自得的人，无不啧啧称羡，同时，又恨得牙根发痒。时至今日，我大河今藏，一个小学教员，兢兢业业，勤勉笃行，深受大家的厚爱，却怎会落得今天这番苦楚。"啊，真希望能有钱呀！"这话不禁脱口而出。我两眼直愣愣地盯着幽暗的林子深处。

就在此时，传来一阵打情骂俏的调笑声，几人一边嬉笑，一边爬上了山坡。

"你不觉得这地方太荒凉吗？回去吧。这地方没意思。"听声音便知，这是阿光。我心中一惊，刚想起身，可见他们已是走近，便不动身形，静观其变。对方好似全然没有注意到此处有人。既然阿光在，母亲必定也来了。可女的只有阿光一人，另外还有两个男人。

"哎，咱们走吧！妈妈还在等着呢。"声音娇滴滴的。

只听一个男人问："妈妈为什么不来，你知道吗？"

"好像说是头疼吧。"不知怎么回事，三人突然压低了声音，嘁嘁喳喳交谈了起来，突然一阵哄堂大笑，其中一人拍着手，吆喝一声："嗨——哟！"

简直是无聊之极，唉，百累缠身呀。待他们三人离开，我咂了一下舌，站起身来，匆忙下了山，来到了大街上。

明天之内，务必得有个解决办法。一方面要给母亲写封信，再度重申一下，另一方面要和妻子好好商量一番，看看最后还能有什么招。走着走着，已经到了太子宫附近，沿着河堤向右拐，很快就到了青山的平川。从这片平川走，是为了抄近路。

穿过平川时，我拾到一个手提皮包。

五月十五日

怎么会捡到这么一个手提皮包，这里不做赘述了。总之就是捡到了！脚上碰到了东西，就捡了起来，捡起来一看，是个手提皮包。

拾起的那一刻，脑子里突然念头一闪："是钱！"太棒了。简直让人难以置信。说来可耻，我在山王台异想天开时，曾幻想过拾到黄金千百两的情景。这岂不是梦想成真啦！我不费吹灰之力便拉开了皮包。

里面有三摞纸币，另有些公文。借着依稀星光，看到手里这些东西，我满脑子能想到的，只是"这不会是在做梦吧"。至于是该交到警察局，还是侵吞他人财物卑鄙无耻等念头，想都不曾想到。

我只是单纯地认为，这是上天的恩赐。

不可思议的是，一旦良知泯灭，行事反而会与之背道而驰。此时，我满脑子想的只是各种歪门邪道，奋力地去完成一件滔天大罪。

我悄没声儿地把包藏在了自家柴火堆里，不露斧斤。从中抽出一摞纸币，揣入怀中，装模做样地进到了屋里。

听到我的脚步，妻子跳起来迎接我。她哄着助儿入睡后，自己便躺在一旁，等着我的归来。

她看到我便问："怎么样了？"

"要回来啦！"我立刻答道。

这个回答脱口而出。我无意撒谎，顺嘴就出来了。

如此一来，我众叛亲离。不仅要替母亲保守秘密，还要守护好自己的秘密。

"哎呦，怎么这么轻而易举就给了？"

面对笑口颜开的妻子，我苦不堪言，只简单说了一句："事情讲清楚了，就还给我了。"

妻子好似还想了解一下详情，可看到我满脸的不情愿，便也没有深究。

"你不知道我有多担心呀。还想着要是母亲不还，该怎么办呢。真是杞人忧天。"她如释重负一般喜出望外。我一只手伸进怀里，握住了一样东西，茫然的，仿佛犹在梦中。

"吃饭吗？"

"吃过了。"

"在母亲那里吃的？"

"嗯。"

"脸色怎么这么难看。"妻子盯着我的脸不住打量着。

"大概是太过紧张了吧。"

"早些休息吧。"

"还得对一下账，你先睡吧。"说着，我进到八叠的房间里，在桌子前坐下。看到妻子还没有去睡的意思，便催促道："叫你去睡，怎么还不去呀。"

迄今为止，我对妻子说话，从不曾有这样强硬的语气。妻子满腹狐疑地看了看我，这才慢慢躺下。我刻意地靠近火盆，吸了根烟，拉上两屋之间的纸门，总算有了自己一方私密天地。

我像窃贼一样，偷偷摸摸从怀里掏出那摞纸币，可以想见，那样子大概和母亲从我抽屉里拿出那包钱时，毫无二致。

一圆的纸币，整整一百张！简直就像是为我量身打造的。我双手哆嗦着，数好了钱，眼睛直勾勾地盯着小洋灯的火苗。很快我便决定，明天就去银行把钱存进去，这样一来，账面上就滴水不漏了。

可我生怕这钱被盗，干脆把钱放进了柜子里，外面又加了把锁。下一步，就是看看该怎么处理那只手提包了。这就得等妻子睡沉以后，再做行事了。于是我便若无其事地上床躺下了。

躺在床上，我闭上了眼睛，一般来讲，这种时候，良心之眼应该是睁着的，但却大谬不然。这是魔鬼设下的圈套，其目的是要我泯灭天良，它疯狂摧残着我的信念，想要薄弱我的意志，让我迷失方向。我一直在窥视着妻子的鼻息。就这样熬过了两个小时，钟敲十二下，看到脸色苍白的阿政，已是酣睡如泥，我便像昨夜疑似有贼，起床查看一样，这次自己扮做个贼，但比前一夜更加轻声、更加巧妙地溜出了卧室。我一点点拉开廊子上的门，赤脚来到了门外，总算顺利地出来了。

外面繁星闪烁，没有一丝风。秋夜，万声沉寂，唯有寒蛩唧唧。不可思议的是，我出得门外，本是别有目的，可走了两三步，站立了片刻，却只感觉，这样的夜晚，万籁俱寂，清冷寂寥，庄严且凛然，万象之气，映入眼帘，深入肺腑。时至今日，我仍是忘不了那一晚的夜空，如此动人心魄。这样看来，人无论善恶，只要心无旁骛，摒除杂念，感知万物的力量，都是一样无比强大。

我从柴火堆里取出皮包，不费吹灰之力地拿进了屋里。打开一看，另两摞钱也同样各是百圆，合在一起，共是三百圆。其他还有些票据，薄薄的一册账本，以及几张名片。失主日向某某，是个谷物批发商，住在四谷区某街某巷。

那些胆怯之辈，凡在作奸犯科时，总会找一个冠冕堂皇的挡箭牌。在我获悉失主的姓名住址后，马上给自己编排了一个漂亮的借口，乃至如获至宝，喜出望外。

"暂借一下，以解燃眉之急！"之后无论是母亲还我，或是自己想到什么其他办法，总之会凑齐这一百圆钱，放进包里，人不知鬼不觉地再物归原主。

天赐之福，无外乎如此。我欣喜若狂，之后就是要下番功夫，把放着二百圆钱的皮包，找地方藏好了。可这么一处寒门陋室里，哪有什么安全之所呢。考虑再三，最后决定放进自己的专属柜子里，那个抽屉，平时只存放文件和学校的账簿，于是我又把上面盖了些其他文件，上好锁，钥匙昼夜不离地贴身放着，这样才算踏实了。

躺上床，已经是两点了，由于过度疲劳，一挨枕头，便酣然入睡。

五月十六日

让人刻骨铭心的十月二十五日总算过去了。从第二天起，我依旧一如从前，忙着授课和校舍改建，表面上看，生活过得仍是波澜不惊。母亲也没有再来烦我，我也打消了给她去信，讨还钱财的念头。日复一日，就这么平平安安地过去了。

可说到底，我终非不是什么险恶之徒，也不是什么心胸开阔之人。正因如此，才让母亲窥到了可乘之机，不仅她做了窃贼，连自己也变为了小偷。成了梁上君子的事实，慢慢开始让我感到苦闷不堪，这自是情理之中了。凡是和自己一样的同类，想必都有着同等的处世哲学，这就是命运。就像青蛙永远改变不了自己是青蛙一样，万变不离其宗。说白了，也没有什么可觉得莫名其妙的。

所谓的良心，开始抬头了。一直随身携带的钥匙，总让我耿耿于怀，不堪其苦。

尤其作为一名幼儿教员，同时还身兼伦理课的授业，开口闭口的总是忠孝仁义，向孩子们宣说着种种善恶邪正，不苟言笑地教化着他们，行为做事要言行一致。每每讲到这些，内心老是有种说不出的心虚。对有些学生的提问，常让我感到芒刺在躬，我甚至怀疑，他不会是已经知道了自己的秘密吧，不由得瞥他一眼，慌忙转开了目光。

某日，一个十岁左右的孩子来找我告状："校长先生，岩崎捡到了我的铅笔，可就是不肯还给我。"一个众多孩子聚集的地方，捡到什么东西，丢了什么东西，不见了什么东西，这类问题司空见惯，本不足为怪，可现在猛然听到学生告上状来，心下自是吃惊不小。

"你自己不当心，才给弄丢了不是。等一会儿吧，先把岩崎叫过来问问。"我说话的口气，与从前简直判若两人，孩子许是感到了意外，抬头看着我。

岩崎是个十二岁的孩子，听我问他"你捡到别人的铅笔啦？"便立刻涨红了脸，局促不安起来。

"是捡到了吧。按理说，捡到东西，就该立刻交到我这里来，可你却自己留下了，岂不是跟偷窃一样了吗？这种做法极其恶劣。立刻把那根铅笔还给这位同学。"我厉声训斥了他一顿。

既然如此，我为什么要把别人的皮包，藏在自己的柜子里面呢？

当日，学校里手头杂事一清，立刻直奔回家，关在屋里，只觉愁绪挥不去苦闷。一度想到要去自首，或是向学校提出辞呈。可二者之间游移不定，更是平添了一层苦闷，最终两者皆是放弃了。如去自首，日后妻子的处境又当如何；可辞去职务，今后的生计却又无所适从。然而，还有比生计更为重要的，自己费尽千辛万苦营建起的校园，改建的校舍眼见着就要华丽登场，可通通都要付之一炬，又怎能不让人唏嘘惋叹呢。

这样看来，当务之急便是尽早凑足那一百圆钱。我又把心思放在了这上面。苦思冥想，终是无计可施。要一个小学教员，从副业里谋得一百圆，那就好比是天文数字。我只得又做起了黄粱梦，朝思暮想，脑子里都只是那一百圆钱。一日，我带着一个女学生去郊外散步。往日里，我常会唤上三四个同学，一起出去走走。

在美丽的秋色中，我只感到身轻如燕。少女唱着歌，蹦蹦跳跳，欢快地走在自己前面，离开了有四五步之遥。原野上尽是狗尾草，我们用手分开，顺坡而上。忽然，眼前一亮，草丛间露出一个纸包。我紧走两步，拾起来一看，是一包百圆钞票。我慌忙揣进怀里。没成想那学生却凑过来问：

"先生，那是什么？"

"不用你管！"

"可那是什么呢？让我看看好吗？让我看看。"她缠着我，跟我撒起了娇。

"跟你说了，少管！"我猛地一推，少女仰面朝天，倒在了地上，我不禁失声喊了一句"啊"，连忙要去扶，竟是南柯一梦。闹了半天，午饭后我靠在教员室的椅子上，打了一个盹儿。

本想要把拾钱的缺口给补上，谁承想，心急火燎中，竟
然又在梦里捡到了钱。醒来之后，不禁感叹，人心不古呀！

五月十七日

对我近来的变化，妻子阿政颇感奇怪。对自己心中的苦
痛，如果让我不露形色，那是万般困难的。不仅如此，想到
一旦让妻子知晓了秘密，那该如何是好，在家中便更是进退
两难，对妻子也是察言观色，生怕她看出了破绽。我时刻感
到神经紧绷，坐立不安。因是心下有鬼，时常会莫名其妙地向
妻子大光其火，有时一天下来，也不会说上一句话。自己特有
的那种敦厚、和蔼的性情，好似荡然无存，而性格里隐藏的
那种格外的刚愎、倔强，仿佛退潮后裸露出的岩石，显露得
一览无余。如此看来，妻子内心的骇异，也不足为怪了。

如果一个人的优点，仅有儒雅和刚正的话，一旦失去了
这唯一的可取之处，那还有什么值得高兴的呢。这就如同脱
去涩味的柿子，已渐趋于腐烂，那种滋味，该是让人难以接
受的。这样一想，在妻子看来，我是个令人反感、无聊乏味
的人，为此常常郁郁寡欢，暗自神伤，那一声声的慨然叹

息，看来也是不无道理的。

每逢此番情形，我便愈加消沉。然而，命运不会无休止地戏弄这对不幸儿。恰在我藏好皮包后的一个月后，也就是十一月二十五日的夜晚，一切都落下了帷幕。

那天晚上，因校内的事情，我去了趟神田，回到家中已是九点。进屋一看，妻子背着助儿坐在火盆前，脸色与其说是苍白，毋宁说是骇人，看到我回来，连招呼也不打。眼圈上的泪痕，还留有明显的痕迹。

见她这副样子，与其说震惊，不如说是更让人心下畏忌。畏忌还不够确切，是让人不寒而栗。

"喂，你怎么了？出什么事情了？"我慌忙问道。妻子只是用那骇人的目光，犀利地盯视着我，一言不发。我突然瞥见，放柜子的壁橱门拉开了，我那秘密抽屉，已是敞开了一半。我犹如弩箭离弦，一下冲了过去。

"谁打开的？"我手扶抽屉，声音嘶哑。

"是我打开的。"回答的声音冰冷如霜，不带一丝感情。

"为什么？谁让你打开的？"

"组委会的人想借用一下对账薄，我就打开抽屉，拿给他们了。"那副如炬的目光，紧紧逼视着我。

"为什么非得我不在的时候给他们！嗯？为什么要动我东西？简直岂有此理！"我切齿厉吼着。往抽屉里看了一眼，不仅皮包动过，口子也已拉开了。

"这个你看过啦?！"我冲她嚷嚷着，"好吧，我早就有思想准备了。豁出去了!"我声嘶力竭地咆哮着，一把关上了抽屉，上好了锁，怒不可遏地冲出了门。

我浑浑噩噩地向前走着，不知不觉又来到了青山那片平川，仍是漫无目的地游荡着。虽说秘密已被妻子洞悉，可实际上，我哪里有什么对策。只不过是震惊之余的一顿咆哮，狼狈之下的一番挣扎罢了。至于冲出房门，也只不过是暂时的逃避而已。

走了一会儿，心情慢慢平静下来。既然如此，不如把一切与妻子挑明，商量一下今后的对策才是，如此一来，我和妻子之间的尴尬局面，兴许会就此破解。想到此，便急忙往回走。

为什么当初拾到皮包时，不与妻子商量呢? 唉，现在也别再去追究这些啦。大河今藏的做事风格，向来是我行我素的。

回到家里一看，不见了妻子的踪影。那是自然喽，她背着助儿，已在后院跳井身亡了。

以前，阿政从不会擅自翻动我锁着的东西。可不知从什么时候开始，她察觉到我总是疑神疑鬼的，橱柜里也暗藏玄机，恰逢别人来讨要账簿，才有了借口，愣是硬生生把抽屉打开了。锁好像是用橱柜钥匙打开的。看到包里的东西，她该是多么震惊呀。估计她绝对认定是我偷来的。可她怎么连只言片语都没有留下来呢？

她为什么要去死？无人知晓其中的秘密。升屋老者推测，阿政天性忧郁，疾病缠身，迟迟不得康复，以致一时意识紊乱，酿成大祸。作为旁人，无从得知我的秘密，如此推断，自是有一番道理，阿政的悲观性情和羸弱身体，终究招致惨剧发生，其中不无一定关系。如果换作母亲那样的人，是绝不会这样了结的。

我马上向学校提出了辞呈。不用说，校方再三挽留，但见我当时的状况，又觉勉强不得，否则势必会物极必反，只得同意，且发放了三百圆慰劳金。

实际上，无论校方批准与否，我都再也无力去做任何事情。大家对我表现出无限的怜悯，与其说是因为妻子死了，倒更像因为我从今往后孑然一身了。那三百圆史无前例的慰劳金，多是倚靠升屋老者等人的极力建议，才发放下的。

妻儿的葬礼，母亲和妹妹也前来吊唁了。在外人看来，这是情理之中的，她们俩人的举止，也便是夷然自若的。看见母亲和妹妹，如同看到前来悼念的其他人一样，并无区别。

收到那三百圆，我既无喜悦，亦无感谢，更无厌恶之情。其中一百圆，花在了丧葬费上，另一百圆装进了皮包，余下的一百圆，连同变卖家产所得，一起作为旅费，我飘然离开了东京。临行前夜，我把手提包偷偷寄还给了四谷的失主。

我何时离开的东京，要去往何处，一概无人知晓，即便连母亲，我也没送去一封书信。那栋主体结构已经完成、内部装修也已进行了一半的新校舍，我甚至不屑一顾，趁着夜色，悄然离开了。

我一路向西，走过了大阪、冈山、广岛，最终漂泊到这个岛上已是去年春天的事情了。

妻子投井后，我失魂落魄。离开了东京，不知多少次，我都想过自杀了断。为了衣食，我从事过各种行业，见识过各种嘴脸，遇到过各种事情，真当是几多风雨几多愁。忆往昔，饮泣吞声，看今朝，步履维艰。五年的岁月，与世沉浮，练就成现在的我，就好比那泡沫凝固成的浮石。

三年之前，死去孩子的哭声，在耳边恍若可闻，阿政浸在水里苍白可怖的面孔，也时时会浮现在眼前。凭着酒后之勇，我终于驱散了这些阴影。而现在，午夜醒来，或是酒劲消散后，我的眼前还会常常看见阿政，她背负着助儿久久伫立，时远时近，最后渐渐消失在黑暗中。但这并不可怕，现在看到她时，阿政只露给我一个侧脸。在我想来，怕是她快要进入那个世界了。奇怪的是，每每我想念她的时候，她那副凄惨的模样，总是无法看到，可她的每次现身，却又都出其不意。

与可爱的阿露相比，阿政已越来越淡出了。母亲则更是不足挂齿。

五月十九日

昨夜六兵卫过来，喝到很晚。言谈笑语中，很有些可玩味的。

"你就把阿露娶过去吧。"

"娶了也无妨。"

"'娶了也无妨'，还说这种话。看你奉若至宝的样子，难道还有怨言吗？"

"这女孩子真是太可爱了，怎么就那么可爱呢。哈哈哈哈……"

"小姑娘也是这么说的，'不知道为什么，就觉得先生那么可爱'。"

"说来奇怪，像我这种人，真不知道有什么魅力，能让阿露那么宠爱，真是百思不得其解。连我自己都想不明白。"

"哪里的话，先生这种人，谁都会喜欢的。阿露喜欢你，绝不是没有道理的。"

"哈哈哈哈，为什么，怎么会呢！"

"要问为什么，倒是难住我了，简单点儿说吧，先生是经过风雨的人，既风趣，又温柔。和先生这么喝着酒，我都想把自己四十年前的恋情，跟你公开道来了，而且我相信，先生肯定也会耐下心来，静静听我讲完的。这个岛上，没有不喜欢先生的人，我和阿露不就是明摆的例子吗。"

我为何能如此博得老人的青睐呢。话又说回来，升屋老者现在又在和什么人对弈呢？

六兵卫接着说："先生是不是娶过一房妻子呀？"

"你怎么知道？"

"我怎么知道？什么事情能逃得过老人的眼睛。"

"的确是有过，不过很早以前她就死了。"

"唉，那真是太可惜了。"

"不过听我说，我那死去的妻子，可没阿露这么可爱，完全没有任何可比性。"

"这话就太薄情啦。这么看来，先生也是个见异思迁的人呐？好一个喜新厌旧呀！"老人哈哈笑了起来。

我只是笑而不答。薄情寡义？见异思迁？这些我一概不知。只是觉得阿露妩媚动人，阿政楚楚可怜。

不是我酒后失言，其实夫妇之间，本就不存在什么感恩可言。特别是像阿政这样的人，她是升屋老者推给我的，给了我就娶过来，娶了后，自然也就有了孩子。

母亲也是，生了我，便是我的母亲，作为母亲，自然要养育于我。如果双方之间真有一份亲子之情，那便是真正的母子，没有的话，便形同陌路。偷去了一百圆，开口就说断了母子之缘，这话倒真是可笑了。我们从一开始就是陌路人。

从小，我就和母亲不亲，母亲对我，感情上也很淡薄。

明天是周日。约好一行四五人去划船。考虑是否带上阿露一起去。

大河今藏的日记就到此为止。第二天他在船上失足落水，淹死了。听说他酩酊大醉后，手舞足蹈，突然盯住水面，连声呼叫着阿政的名字，就这样掉进了水里。

笔者去年还乡时，会晤了一位做小学教员的旧友，这本日记一直由他珍藏着。据说马岛上那位可怜的少女，在大河死后的四月里，诞下一名男童，那是大河的遗腹子，少女便是阿露。

据这位朋友讲，阿露虽然算不上美人，但她的眼睛，有种摄人的魅力，身材娇小，却体格健壮。岛上的小伙子，对她多是心下暗恋，明争互斗，可看到阿露对大河已别有钟情，便就都纷纷成全了他，并祝他幸福，没有谁去跟他争风吃醋。

阿露为了孩子，坚强地活着，很多岛民都来抱过这个孩子。大河也终究是如愿以偿，葬在了岛的深处，长眠于阴森幽寂的那片墓地。

笔者认为，大河的日记，并不能彻底解析这位可怜人的一生。说到底，日记是他自己写的，可上面对马岛的记事，并不详尽。故而，我辈若想对大河此人有更多的了解，从日记上看到他的过往，自无问题，而他在马岛上的生活，只能自己来玩味揣度了。

"不幸的人啊！"对大河，笔者也只能发此一句感叹了，其他实是不忍多说。他自己也常常是自爱自怜，平素动辄就说："唉，不幸的人呐！"

《酒中日记》的标题，是大河亲笔所书。正如题目所述，字里行间，已尽显一种悲凄，更何况每次执笔，必是在酒后。读此日记时，特别需要注意的，其实便是这个关键所在。

阿政抱着他的儿子，先他而去；阿露背负着他的遗腹子，苟且偷生。终究是谁人不幸，谁人哀呢？

初刊于《文艺界》
明治三十五年（1902年）

春鸟

春の鳥

一

　　六七年前，我在某地做教员，教授英语和数学。镇上有座城山，树木繁茂，遮荫蔽日。山虽不高，却风光旖旎。每当散步时，我总会顺道登山远眺。

　　山顶上残留着一座古城遗址。高高的石墙上，藤蔓扶疏，待看那染红的石墙，更是别有一番意趣。昔日的城楼已为平地，不知何时，稀疏零落地长了些五针松，夏草星罗棋布，青翠葱茏，一见之下，思古之幽情油然而生。

　　不知多少次，我都躺在草地上，透过沉睡了数百年郁郁苍苍的参天大树，望向近郊的田园风光，啧啧称叹。

　　记得那是一个周日的午后，时值秋末，碧空如洗，秋风萧瑟，城山的林海阵阵啸鸣。我一如往常，登上了山顶。日影西斜，远村近郊沐浴在余晖的红霞中，我读起了带来的书。忽听见有人说话，便来到石墙边，探头下望，并无异常，只是三个小女孩在捡枯枝。山风席卷下，她们收获不小，背上已经扛了很多，可还在四处搜寻。小姑娘时而嘀咕几句贴心话，时而快活地哼唱两句歌，就这么一路拾着树枝。她们看上去都在十二三岁，大概是附近哪个村里的孩子。

看了一会儿，我便又把目光收回书上，渐渐忘记了她们的存在。突然，传来一声小女孩的惊呼，我赶忙望下去，只见三人好像被什么吓着了，惊慌失措，背起枯枝，逃也似地跑了开去，转瞬间便消失在了石墙后面。我觉得奇怪，警觉地四下看了看，只见幽暗的山林深处，有什么东西正拨开杂草，从没有路的那一方渐渐靠近。起初并不知道来者为何，待那物出了山林，在石墙下现身后，我方才看清，是个十一二岁的男孩。他穿着一身藏青窄袖和服，系着一条白色纯棉腰带，看上去既不像农家孩子，也不像商人子弟。

他手上拎着一截粗木棍，战战兢兢地东瞧瞧、西望望，待他抬头看向石墙时，不经意和我打了个照面。那孩子直勾勾地盯了我一会儿，一咧嘴，笑了。笑得极不寻常。苍白的圆脸，还有那双呆滞的眼睛，让人一望便知，这孩子非同一般。

"先生，你在干什么？"他这么一招呼，我却稍有些吃惊。本来我做教员的地方，其实是个城边小镇，除了所教的孩子，其他人我并不认识，可当地人反倒都知道，从城里来了一个年轻先生，因而这孩子如此称呼我，倒也并非意外。

想到这里，我便柔声说："我在看书呢。到这里来吧？"话音刚落，孩子便已手搭石墙，猴子般地攀爬了起来。这可是近十米高的石墙，看得我心里着实一紧，正要阻止，可他已经蹿到了中间，只见他抓着近旁的藤蔓，麻利地倒着手，转眼便已站到了我面前，咻咻地笑着。

我问他："你叫什么名字？"

"六。"

"六？是小六吗？"我这么问，他只是点了点头，还是先前那副奇怪的笑容，微张着嘴巴，怪模怪样地看我。

"几岁啦？你多大啦？"见他一脸茫然，我只好又重复了一遍。他夸张地张了张嘴，摊开两手，弯着手指，一、二、三地数了起来，待到十、十一却跳了过去，抬起头，一脸认真地说："十一岁。"

那副神态，简直和一个刚会数数的五岁孩子没什么差别。

我不假思索地夸赞道："真了不起。"

"妈妈教我的。"

"你上学了吗？"

"没有。"

"为什么不去呢？"

孩子歪头看向别处，我以为他在思考怎么回答，就等在那里。哪知他突然像哑巴一样，"啊啊"地喊叫起来，跑了

开去。"小六，小六！"我惊呼着想叫住他，可他却呼喊着
"乌鸦，乌鸦"，头也不回地跑下了城楼，瞬间便已消失得无
影无踪。

二

那时我租住在公寓里，多少有些不便，托了很多人，总
算在田口家二层租借到了两间房，包吃包住。

田口是幕府时期大名家的重臣，在城山下按古时样子，
建造了一栋很是气派的房子，日子过得甚是滋润。二楼之所
以能租借给我住，还兼顾着我的饮食起居，多少也是出于他
的一番好意吧。

在搬来田口家的第二天早晨，我很早就起身，准备去散
步。未曾料到，在城山碰到的那个孩子，正在院子里扫地。

"小六，早啊。"我跟他打着招呼，他却笑嘻嘻地看着
我，用笤帚扫着落叶，并不答话。

过了一段时间，我总算搞清楚了这个异乎寻常的孩子，
到底有着怎样的身世，也多亏了我各方留意，耳闻目见才略
知一二。

孩子名叫六藏，是房东田口的外甥，生来就是一个弱智。

母亲四十五六岁，男人早逝，只得带着两个孩子回了娘家，靠着兄长的帮衬，勉强度日。六藏有个姐姐叫阿薰，那时已十七岁，在我看来，也应该算是智障，一个怪可怜的女孩子。

对于智障这件事，起初房东田口还试图对我隐瞒，可纸里包不住火，终于在一天晚上，他来到了我的房间。谈完了教育，末了，提到了外甥和外甥女都是智障，开口和我商量，能否帮忙多加教育。

从房东口中得知，这可怜的姐弟俩，父亲是个嗜酒如命之徒，早早地命丧黄泉，弄得倾家荡产。姐弟俩起初也进过学堂上了小学，可一无所获，任凭老师如何使出浑身解数，终是枉费力气，不能和其他同学一起上课，还落得成了那些捣蛋鬼的嘲弄对象，于心不忍之下，只得让他们退了学。

仔细听罢，总算明白了姐弟俩当真都是白痴。

有些话房东虽然没说，但我一望便知，他妹妹，也就是姐弟俩的母亲，在常人看来也颇为迟钝。两个孩子的毛病，固然因为有个酒鬼父亲，但与母亲的遗传也不无关系。

我知道有专门的智障教育，但这要具备特殊的知识。因此，对房东提出的请求，我并没有草率地应承下来，只是让他知道此非易事，便就作罢。

可在和阿薰姐弟俩接触了一段时间后，我越发觉得两个孩子委实可怜。在身体不健全者当中，应该没有哪种比这更甚了吧。哑、聋、盲的不幸，皆是大同小异。说不了，听不到，看不见，可依旧都能思考。有所思，必有所感。而白痴则是心智上的哑、聋、盲，无异于兽类。总而言之，他们有着一副人类的身形，感知并非完全没有，但却不及常人的十分之一。在不健全者当中，若是心智齐备则还罢了，可有些更加偏颇的，行为怪异，又哭又笑，或喜或悲，常人看到，便觉甚是癫狂，这种倒更是让人觉得可怜。

阿熏姑且不论，可六藏还是个孩子，还那么天真无邪，更让我备感同情。但凡能力所及，我都想尽量去帮助他，多启发出一些智能。

和房东谈过话的两周后，一天晚上十点多，我正自准备就寝。"先生，您休息了吗？"说着话，六藏的母亲走了进来。她个子不高，身形瘦削，脑袋很小，鼻梁挺直，牙齿像老年间的妇人一样染成了黑色。[1] 她的嘴巴微张着，总有一抹孩子气的笑挂在眼角、唇边，这已是她的习惯了。

"正准备睡呢。"说话时，她已靠近火盆坐了下来。

"先生，有些事情，我想麻烦您。"她一副欲言又止的样子。

---

[1] 已婚妇女染黑齿为日本古代留传下来的风俗，直至明治政府施行近代化政策才得以废除。

"什么事情？"

"是关于六藏的。他智商那样弱，但他总还有自己的未来呀，像我这种傻子，置之不理也就罢了，可想想六藏，总是让人放心不下。"

"话是这样。可你也不用过于担心。"我好言安慰了两句，自是出于人情吧。

三

那晚，六藏的母亲讲了许多，可最让我感同身受的，还是母子之情。正如前面所说，显而易见的是，这个女人本身就颇为迟钝，可还在担忧儿子的愚痴，真可谓与普通父母别无二致。

而她自己也是一个几近智障的人，这就更让我的怜悯之情油然而生，陪坐一旁，不禁泪珠偷弹。

于是我便答应下来，会竭尽全力对六藏进行教导，这才把可怜的女人送走。那夜，一直到很晚，我都在潜心涤虑筹划方法。次日起，每当散步，总让六藏相伴左右，伺机对他进行知识灌输。

首先我感觉，六藏对于数字的认知很是低下，从一到十都数不下来。反复教给他多少次，嘴上可以数出二、三到十，可把道边的石头摆上三个，问他是几，他就只是在那儿思忖着，回答不出。如果硬去逼问，起初他还能像之前一般傻笑，可到后来，便要咧嘴哭了。

我苦心积虑，不厌其烦地对他进行孜孜教导。一次我们去八幡宫，一路数着，拾阶而上，一、二、三，待到第七级时停下来，告诉他这是七，再问他"现在是第几级台阶啦"，他又会大声地告诉我——"十"，如此而已。无论是教他数街道两旁的松树，还是盘点奖励给他的点心，结果都是一样的。一、二、三这种语言，和它代表的数字含义，在这孩子的脑海里，无论如何都划不上等号。

早就听说智障的人对数字毫无概念，可万不承想竟是如此程度，有时真是憋屈得不行，可看着孩子的脸，不禁只有潸然泪下。

可六藏又是一个不折不扣的捣蛋鬼，淘气起来，着实让人提心吊胆。他很擅长攀爬，绕着城山奔走一圈，如履平地，不管是否有路，都能行走如飞。然而时至今日，对于六藏的行踪，田口家依旧颇为担心，有时他午饭后便出了门，直到日暮时分，才从城山的悬崖上下来，仿佛从天而降般，突然出现在田口家的后院里。我推测拾柴的女孩，之所以看到六藏就望风而逃，估计是因为这个小白痴没少捣过蛋，她们该是屡次受到过惊吓吧。

可六藏又动辄好哭。他母亲很忌惮兄长，常会当着兄长的面狠狠地斥责他，让他伸出手来打掌心。每到此时，六藏总会抱头缩成一团，号啕大哭。但很快又会笑起来，好像忘记了刚刚挨过打，每每看到此状，对这个弱智孩童的境况，我更深感心痛不已了。

六藏可能以为自己不会唱歌，可恰恰相反，那些拾柴的民谣，他却暗自记了下来，时常自己小声哼唱着。

有天，我独自一人去登城山，本想带上六藏，可始终不见他的踪影。

尽管已是冬季，而九州却是气候温暖的地方，只要天气好，便会风和日暖，空气清澄，其实要想登山的话，冬季反而是更舒适的。

踏着落叶登上山顶，我来到了那座城楼。深山幽谷，寂静如斯，忽听见有人在唱歌，歌声甚是温柔。抬头一看，只见六藏跨骑在城楼石墙一处，晃荡着双腿，凝眸远望，嘴里哼着民谣。

天空之色，白日之光，古城遗址，还有这个少年，眼前宛如一幅画卷。这少年犹如天使。此时我眼前的六藏，全然无法看出是一个白痴。白痴和天使，这是怎样让人悲哀的对照呀。也就在这时，我深深感到，尽管他是白痴，可这少年终究还是自然之子。

再来说说六藏的一个怪癖，这孩子非常喜欢鸟，但凡看见鸟，他都会兴奋得两眼放光。可无论什么鸟，他都统称为"乌鸦"，再怎么教给他，依然是记不住。百舌鸟也罢，白头翁也罢，都管它们叫作乌鸦。最可笑的是，一次看见了白鹭，他还是叫着乌鸦，正中了那句谚语"颠倒黑白"，但在他来说，却是理所当然。

看见高高的树梢上，啾啾啼叫的百舌鸟，六藏便会呆呆地张大了嘴，戳在那里傻愣愣地一直看。待鸟儿飞走时，他又会茫然若失地目送它离去。真是难以捉摸，这孩子对天空中自由翱翔的鸟，竟有如此的痴迷。

四

为了这个可怜的孩子，我已费尽了心机，可始终没有任何成效。

日子一晃到了翌年春天，祸从天降，六藏惨遭不幸。

三月末的一天，清早起来就不见了六藏，到中午也没回来，直到天黑还没见到人影，田口家甚是担心，他母亲更是如坐针毡。

我提议还是先去城山搜寻一下，便带上田口的一个家仆，提上灯笼，怀揣着不安，愁云满腹地走上了熟悉的小路，很快就到了古城遗址。

就像能未卜先知一样，我径自来到了城楼下面。

"小六。小六。"我们大声呼叫着，又和那个仆人不约而同地竖起了耳朵，屏息谛听。要知道，这是在古城遗址上，找的又不是一个普通孩子，那种心惊肉跳的感觉，更是可想而知了。

上了城楼，从石墙的一角往下看，在北面一个高崖处，我们发现了六藏坠落的遗骸。

说句不该说的话，其实早在我知道六藏迟迟未归时，就有种预感，怕他不会是从这个高石墙上摔下去死掉了吧。

这也许是空想，也许会遭人耻笑，但我还是要坦白出来。我觉得六藏应该是想像鸟儿一样在空中飞翔，而从石墙上纵身一跃而下的。六藏一定是看到眼前的树枝上，鸟儿从这个枝头跳到那个枝头，自由自在，无比畅快，他定是想自己也能飞过去的。

六藏下葬后的第三天，我独自一人登上了城楼。我想起了六藏，对于人生的种种不可知，那缕缕忧思让我久久难以排遣。人类与动物的差别、人类和自然的关系、生与死的问题，在我年轻的心底，唤起了无尽的哀痛。

英国一位著名诗人写过一首诗,《有一个男孩》。故事讲的是：每到傍晚,有一个男孩,总是孤独地站在湖畔,合拢十指,模拟猫头鹰的叫声,湖那边的山谷里,猫头鹰回应了他的呼唤,男孩乐此不疲。后来他被死神夺走了,静静地葬在了墓地里,他的灵魂回归了自然。这是一首心的咏叹。

我非常喜欢这首诗,经常吟诵。但看到六藏的死,回想起他的人生,再想到他是个白痴,总觉得六藏的所为,比起这首诗所写的,更有意义。

站在石墙上,举目四望,春鸟在自由地翱翔。其中应该会有一只是六藏的化身吧。即便不是他,六藏和这鸟儿又有什么不同呢。

五

这个可怜的母亲,对于孩子的死,反倒说"对孩子来讲,这是解脱了",边说边哭着。

一天,我打算去看看六藏的新坟,便来到了城山北面的墓地,他母亲比我早先到了,在坟茔边踟蹰不前,自言自语地念叨着什么。她完全没有意识到我来了。

"唉,你干吗要学鸟呢？嗯？干吗要从石墙上跳下去呢……先生可说了，'小六想飞上天去，才从城楼上跳下来的'。再怎么傻，也没有人学鸟飞呀！"说罢，又寻思了一会儿，"不过，还是死了好呀，死了你就幸福了……"

待她看到我："唉，先生啊，小六还是死了幸福哇！"说着，眼泪扑簌簌地落了下来。

"倒也并非如此，毕竟是个意外，还是尽量想开点儿吧……"

"可是你说，他为什么要学鸟飞呢？"

"说到底，这也只是我的想象。我也不能完全肯定小六是因为学鸟飞才摔死的。"

"可先生您不是那么说的吗？"他母亲全神贯注地凝视着我。

"就因为小六太喜欢鸟儿了，我只是觉得，或许是这个原因吧。"

"唉，小六的确是喜欢鸟儿呀。一看见鸟，他就张开两手，就这样……"母亲学着飞鸟振翅的样子，"就这样，飞跑到那里去了。唉，还有，他学乌鸦叫，学得很像哦。"说这话时，一副陶醉的模样，连眼神都变了，我不禁垂下了眼睛。

城山的林子里飞起了一只乌鸦，缓缓地扇动着翅膀，"啊，啊"地叫了两三声，飞向了海边。白痴的母亲蓦然打住了话头，出神地怔怔望着。

六藏的母亲大概从这只乌鸦身上看到了什么。

初刊于《女学世界》

明治三十七年（1904年）

竹
栅
门

竹
の
木
戸

上

　　大庭真藏是一家公司的职员，住在东京郊外，每天早晨往返于京桥区附近的事务所，从家到电车站有半里多路，他只是日复一日地徒步而行，自我解释为正好运动运动。他为人敦厚，在公司也颇有人缘。

　　家里有个六十七八岁的老母，身体还很硬朗，妻子二十九岁，女儿小礼也已七岁，再有妻妹阿清和一个五六年前就来帮佣的阿德，五人加上主人真藏，是一个六口之家。

　　妻子体弱多病，基本不理家务。厨房里的事，主要由阿清和阿德来打理，老太太也会时不常地搭把手。特别是女佣阿德，年方二十三，却干劲十足，口口声声要为主家效力终生，因此家政大权在握，连老太太也不得不让之三分。而她的任性，阿清有时也叫苦不迭，可毕竟阿德为了这个家，已尽心竭力了，自是以阿德的胜利告捷。

　　一篱之隔，有间堆房一样的小屋，花匠夫妇就住在里面。

男的二十七八，女的和阿德年龄相仿，互为邻里的二位女性，言语之间，难免多少有些针锋相对。

最初是花匠夫妇搬来时，因为没有水井，请求大庭家允许他们过来汲水。大庭家觉得这也合乎情理，便应允了。差不多过了两个月，他们又来交涉，希望能把篱笆扒开个三尺来宽的门，这样免得每次都绕道大门进出。这下可让大庭家为难了，尤其阿德反对得最为强烈，觉得这无异于给贼人开了方便之门。众所周知，主人真藏有一颗慈悯之心，终究还是答应了。但他提出了一个条件：做一个结实的栅栏门，必须得门禁森严。于是花匠从竹林里砍来些青竹，掺杂些杉树叶，扎了一道粗笨的栅门。

门装好后，阿德看见，便大着嗓门说："这是栅门吗？连个门闩都没有！这种栅门，有没有不是都一样吗。"

花匠老婆阿源听到后，在井边刷着锅底，应声道："差不多就得了吧，我们再怎么做，也没工匠的手艺呀。"

阿源的话激恼了阿德，明知花匠家境贫寒，却还说："那就请个工匠好嘞。"

"能请的话，我自然会请。"阿源半开玩笑地回答着。

"你要去请，他肯定会来。"阿德讽刺了一句。

阿源生性好强，听了这话，顿时拉下了脸，可又明知阿德在大庭家的势力，冲撞她，反而自讨苦吃，便强行压下了火。

"哎呦，饶了我吧。从这里进出的，主要就是我自己，我这边提高警惕，随手关好门，就没问题了。要是真有盗贼的话，大门、围墙了照样如履平地，别说小小的栅栏门，又能奈他如何。"

阿德见她服了软儿，便道："这么说就对了。只要你进出注意，大家就都能放心了。你该知道吧，这附近老有那么几个鬼鬼祟祟的小偷和收废品的不良分子在转悠，可万万不能大意呀。你瞧，前阵子刚开业的面包房，隔壁不是住着一个叫河井的军人吗，就在两三天前，才买回来的大铜盆轻而易举就让人给顺走啦。"

"啊，怎么给偷的？"阿源停止了汲水，转过头来。

"本来就放在井边，女佣到后院去晾衣服，就这么会儿的工夫，便被偷了。主要是栅栏门开了条缝儿。"

"天呀，真是大意不得。不过放心，我会注意的。要有什么容易让人盯上的东西，阿德姐也千万注意，别往屋外放。"

"我是不会这么做的，不过难免有大意的时候，倒是你，可得注意收废品之类的人。要想进那栅栏门，可是要先经过你家的。"

"嗯，我注意就是了。要是被人拿走一根柴，一片炭，那可就太蠢了。"

"可不是，一片都不行。你知道这阵子炭的价格有多高吗。佐仓炭[1]一篓子就要八毛五分钱。"房檐下，一篓一篓的炭从井边一直堆到厨房，阿德指着其中一篓说："这里到底有多少呢？说真的，一片值多少钱呀？炭炉里烧的简直就是钱呐！土灶炭也好，硬木炭也罢，说比去年贵了一倍都不稀奇。"阿德连连叹气："真是受不了了。"

"你家人口多，该用还得用呀。不像我们，就两口人，用不了什么。但即便这样，每天还得三分五分地去零碎称点儿。真没办法。"

"也真难为你了。"阿德温柔地说了一声。

话题一扯到炭上，两人就把最初栅门的事情抛到了九霄云外，又恢复了从前的面目，亲密地聊个不停，隔阂尽销。

十一月底，日头渐短，主人真藏从公司回来，天已经擦黑。听说栅门已经做好，西服也没脱，就趿拉着木屐，绕到院子里，盯着栅栏门看了一会儿，露出了微笑。

一旁的阿德说："老爷，这个栅门很奇怪吧？"

"是花匠做的吗？"

"是啊。"

"有意思，不过花匠能做成这样，也就可以了。"他推了推栅门，试了一下，"倒是很坚固。也就这样了，总比没有

---

[1] 千叶县佐仓地方所产、由麻栎（俗称橡树）中提取的炭，属上等炭。

的好。以后再找工匠，重新做一个。别看是用竹子做的，栅门毕竟是栅门啊。哈哈哈哈。"笑着进了屋。

阿源在隔壁听到他们的交谈，自己咯咯地笑了起来。"老爷还真是个明白人。这种好心人，不多见呀。这一家子，太太人不错，老太太也勤快，虽说有点儿毛手毛脚吧，人品却是很好，阿清一个离了婚的人，脾气是有些别扭，可性情还算是温顺。"正想着，突然记起阿德午间的讥讽，"哼，要不是为了用水，我才不会理这种人，房州来的乡下丫头，夸你两句，就自以为多了不起啦，真是不知道天高地厚。"又想起了阿德刚才说的话，"什么这个栅门很奇怪呀，明摆着找碴儿么，可偏偏老爷没搭理她，解气。这下子出洋相了吧。"转而又想，"不过不服不行呀。你看她，姿色不错，年纪又和我相当，要想嫁人，怎么都能嫁出去呀，可非得为这个家效力终生。还真非一般人能为呀。而且人又那么正直可靠，大庭家有了她，真是没得说了……"

想着这些，阿源点上了灯，想往火盆里添些炭，才发觉一片都没有了。她咂了下舌，伸手摸了摸破旧的水壶，见水还没凉，心里踏实了些。"趁水还是热的，赶紧回来吧。要是今天预支不来钱，别说今晚了，明天都生不起火。不过实在不行，捡些树叶都能烧火，可明天吃饭的米也没有啦。"这下可不是咂舌了，而是一声无力的叹息。此时的阿源，头发蓬乱，面无血色，无精打采地坐在昏暗的灯影下，楚楚可怜。

恰在此时，她男人矶吉慢悠悠地回来了。阿源上来就问预支的钱怎么样了。矶吉一声不吭，从肚兜里解下腰包递给了阿源。阿源朝里一看："就只有两圆钱？"

"嗯。"

"两圆够干什么的。既然都开口借了，还不借个五圆。"

"可人家不借，我有什么办法。"

"说是这么说，好好跟老板央求，五圆总会借给你吧。你看看。"阿源指了指空空如也的炭篓，"炭已经用完了。今晚买了米，还能剩什么……"

矶吉默不作声地抽着烟，接着重重地磕了几下烟管，盛了碗饭，自顾自地吃了起来。尽管只是一碗开水泡饭，却吃得狼吞虎咽，看着倒还挺香。

丈夫的举动，让阿源瞠目结舌，闷声不响在一旁看着，可见他吃了满满的五六碗，还是没够的样子，不禁又是好气，又是好笑的问："怎么饿成这样了。"

矶吉又盛了一碗，"今天下午没吃上点心。"

"为什么？"

"今天这边完事过去以后，老板一看到我，就拉下了脸，埋怨我说：'活儿这么忙，还迟到。'于是我就把做栅门的事，跟他原原本本地一讲，哪知他却说：'那是你自己的事，跟我有何相关。'我气不过，埋头一干，就到了两点，点心端上来时，我看都没看一眼。女佣过来叫我，说今天有好吃的紫菜卷，让我赶紧过去吃，我还是没理，继续干我的活儿。这么一来，实在没法跟老板提预支的事情了，可不说又不行，等临走的时候，才跟他开了口，说要借五圆，他却说：'干活儿倒挺会偷懒，却好意思借钱，脸皮厚得，真服了你了。拿去吧，这些够了吧。'一看，就只给了两圆，你说我有什么办法。"矶吉把为什么肚子饿，为什么只能借到两圆钱的前因后果，一股脑儿地倒了出来。话说完了，总算也放下了筷子。

实际上，矶吉是个寡言少语的人，而且还有些笨嘴拙腮，可一旦激动起来，也会像刚才那样，气势汹汹地好一通辩白，对此，阿源颇为欣慰。虽说嫁过来已经有三年，可依旧摸不透矶吉到底是个游手好闲的人，还是个勤快人。依着阿源的经验，她家的矶吉，就像东京那些反复无常的女人，有时动辄就歇个三四天，甚至情绪一来，连续歇个十天都有可能，而一旦振作起来，一人就能顶仨人用。阿源深信，只要他能振作起来，就什么都不怕了。可这个"振作"要等到什么时候才出现呢，阿源倒没考虑过。而且阿源觉得，一旦到了紧要关头，矶吉总是异常果断，常会做出一些别人不敢做的大胆举动，他是一个很有安全感的人。可阿源也并非永远这么想。有时她会担心矶吉会不会真的是一个窝囊废，可在目前这种艰难时期，又身无分文，想这些旁的都没用，而且也未免显得太过无情，因此她尽量避免去想这些。

其实，矶吉的确是个"难以琢磨的人"，大庭家的女人，都觉得他有些阴气森森，让人发怵，就连阿德都对他颇为忌惮，这倒使阿源甚是得意。每当看到她们面对矶吉时，阿德露出的胆怯，阿清说话时的小心翼翼，简直让她有种压抑不住的窃喜。

尽管如此，他们还是一样饱尝贫寒之苦，虽说是正当年，可依旧也没一个像样的家，总是栖居在这种堆房或是旧仓库一样的地方。因此，在花匠婆们的眼里，阿源也成了难以捉摸的人。换句话说，把她看成了傻子。

等矶吉吃完饭，阿源抓起笊篱冲出了家门，没多久，买回了炭。一边生着火，一边絮叨着栅门的事，今天怎么跟阿德争论的，老爷看到后又是怎么说的，可矶吉却连句回应都没有。

没过多会儿，矶吉好像困了，大大地打了一个哈欠，阿源赶忙拿出了两床又薄又硬、肮脏不堪的被子，铺一条，盖一条。两人紧紧地偎依在一起，缩着脑袋睡了过去。寒夜的冷风从板壁缝里、地板下面钻了进来，两人尽可能缩成一团，可即便如此，矶吉的后背，仍有一半露在外面。

中

一进入十二月，寒气逼人，霜柱凝冻，薄冰覆盖，东京郊外出其不意地显出了隆冬之气，让那些追逐时髦，初次搬来乡野生活的人，感到措手不及。可大庭真藏却是司空见惯，足蹬长靴，身着厚外套，安然自若地上下班。十二月的第一个星期日，晴空万里，阳光明媚，恰是小阳春一般的天气，母亲和妻子带着小礼和阿德去逛闹市，真藏和阿清留守看家。

从郊外到闹市，他们管这叫逛东京，不常出门的女人家，一度闹闹哄哄地忙着收拾打扮。不仅老母亲和妻儿忙个不迭，就连阿德也是衣服换了一套又一套。忙乱过后，待她们出了门，屋里顿时寂静一片，好似无人的空屋。

真藏穿了件丝质棉袍，上面系了条腰带，闲躺在自己的书房里看报，他的书房阳光充足。临近午饭时，他感到百无聊赖，走出书房，在廊檐下踱着步。"哥哥"，纸门后传来了阿清的声音。

"怎么了？"

"哈哈，'怎么了'。午饭可什么都没有呀。"

"知道了。"

"哈哈，还说'知道了'，真的什么都没有啊。"

真藏拉开阿清的纸门，看见她正自忙着做针线活儿。

"这么勤快!"

"小礼的外套，图案漂亮吧。"

真藏没有回答，只是环视了一下四周。

"找个光线好点儿的房间缝多好。这里连个火盆都没有。"

"还没到冻手的份儿上呢。而且从现在开始，我打算要节约了。"

"节约什么?"

"节约炭呀!"

"炭是贵了不少，可咱们家也不至于到立刻要节约的地步吧。"

真藏从不过问家务，对衣食住行一无所知。

"什么呀，哥哥。光是十一月份，花在炭上的钱，就不知道比米高出了多少。马上就要进入十二月、一月、二月了，一连三个月的用炭高峰，不节约怎么行。阿德从早到晚地喊'偏偏到用炭的时候，炭价就奇贵无比'，真不能怪她。"

"可炭是节省了，要是闹了感冒，不是什么都划不来啦。"

"不可能的。"

"不过话说回来，今天倒正好赶上天气暖和，母亲应该不要紧吧。"说着，展开双臂，伸了一个大懒腰："几点了？"

"马上就十二点了，吃午饭吧？"

"先不用，肚子还没饿呢。这要在公司，早就等得不耐烦了。"边说着边走了出去，从厨房转到女佣的房间，一溜看了过去。他从没进过女佣的房间，只见高高的窗户大敞着两尺来宽，他不假思索，探出头去瞥了一眼，没成想隔壁的阿源正在窗下，无意中一抬头，两人正巧打了一个照面。

阿源瞬间涨红了脸，仓皇失措地半天才张开口："府上用的是这么好的上等炭呀，真没法儿比呀。"她拿着佐仓炭，在手上掂量着。窗下是一排排敞着口的炭篓，从栅门一直堆到井边，也正好是阿源的必经之路。

真藏一时大失方寸，张口结舌："我对炭，还真不太了解……"强露笑容，赶紧把头缩了回来。

真藏逃也似的躲回书房，对阿源的行为想来想去，仍是不明就里。起初他觉得阿源是在偷炭，可又不敢妄下定论。说不定她真的只是在那里看一下而已，可能她正好经过那里，顺手拿起一块来瞧瞧，偏巧被人撞见，不好意思脸就红了。况且又是被自己看到，那番狼狈，可想而知了。这样想，倒也不是没有可能。真藏宁愿是后一种想法，于是打定主意，不告诉任何人。

不过，万一她真的在偷的话，放任不管，后果可不堪设想。但又一转念，觉得被撞见一次，这种糗事一般是不会再犯的，于是更加笃信，此事万万不可外传。

不管怎样，这回阿德是说中了，让花匠在那儿开道竹栅门，绝对不是上策。

午后三点一过，逛闹市的一帮人回来了。大家聚在起居室里，叽叽喳喳地把一天的见闻又回顾了一遍。阿清自然是逃不过，就连真藏也不得不出来随声附和。什么小礼在新桥的劝业场，非闹着要买一个大洋娃娃，让大家很为难啦；什么电车里碰到的一个醉鬼，很是烦人啦；妻子又转向真藏说，知道你怕冷，在大德给你买了件上等进口衬衫；还说什么一到闹市，总要比计划好的多花出很多钱之类的，大家一口气地说个不停。看来说的人倒是比听者兴头更足。

待到这段闹哄哄的场面稍事安静，阿德好似想起了什么，突然起身出了厨房，没一会儿又回来了，圆睁双目，一脸的正色。

小声嘀咕了一句"哎呀，太奇怪了！"眼睛滴溜溜地看了大家一圈。众人感觉到出了什么事儿，也望向阿德。

"哎呀，太奇怪了！"她又重复了一遍，转问道，"阿清小姐今天没有出去拿炭吧？"

"没有呀，我用的都是筐里的炭。"

"这就对了。这阵子，我就觉得这炭下去得太快了。炭铺再怎么狡猾，把下层垫厚，也没用得这么快的。而且我本就起了疑心，所以昨天趁阿源不在的时候，从她纸门的破洞往里看了一眼，您知道我看见了什么？"她把声音压得更低了，"她家的那个破火盆里，用灰埋着两块佐仓炭呢！一看到这个，我就彻底明白了，本来想先禀告给老夫人，可转念一想，不如先设个局，搞清楚一下，于是今天就试了试。"阿德抿嘴一笑。

"你设了什么圈套？"阿清担心地问。

"今天出门前，我把摆在上层的炭，都一一做了记号。结果您猜怎么着，刚才一看，少了四个带记号的佐仓炭。而且两个大个儿的土炭我也做了记号，还把它放在上面，也都不见了。"

"啊，怎么会这样？"阿清惊呆了。老太太和媳妇面面相觑。真藏顿时心下了然，本想把今天看到的说出来，可又于心不忍，生把这话又吞了回去。

"事情就是这样，炭是谁偷的，都心知肚明了吧。接下来怎么办？"阿德满以为大家听到这事，都会大吃一惊，引发一番争论。哪知，除了阿清说了这么一句，老爷和其他人概不言语，只得泄了气一般问了一句。可大家依旧是默不作声。

"怎么办？你说还能怎么办？"阿清反问道。

"这可是炭呀。要是就这么置之不管，不知以后还会给人拿走多少呢！"阿德略显焦急。

"放到厨房地板下面怎么样？"虽说真藏知道，即便什么都不做，阿源也绝不会再来偷，可他并不打算把理由说明，无奈之下糊弄了一句。

"已经堆满啦！"阿德一句话就给怼了回去。

"哦。"真藏不再出声。

"这么办好不好。先把阿德房里的橱柜清一下，暂时把炭在那里放一放。再把里间屋的橱柜收拾一下，阿德的东西就放到那里去。"真藏妻子提了一个建议。

"那就这样吧。"阿德立刻表示赞同。

"只是要麻烦阿德了。"妻子又补充了一句。

"哪里的话，能让我把衣服之类的放到'里间屋'的橱柜里，那就是再好不过了。"

"那就这么定了。其实早就跟真藏说要做一个堆房了，拖拖拉拉竟弄成这样。要是有堆房，不就什么问题都没有了吗。"老太太总算开口了，可实际却是对堆房的抱怨。真藏搔搔头，一脸尴尬地笑。

"其实不然，一切都是因竹栅门而起。我早就说过，把那里打开，无异于给盗贼打开一扇方便之门。现在可倒好，小偷反倒给自己做了一扇门。"阿德突然提高了嗓门。

老太太急道:"小声点儿,小声点儿,这么大声,让人家听到了怎么办。我也不愿意在那里开扇门,可门都开了,现在还能怎么办。突然把那里堵上,未免太不明智,这样反而不好。花匠他们也不可能一辈子住在那种小堆房里吧,迟早是要搬走的,到时候再把那里堵上,现在只管不言声就好了,装作什么都不知道。阿德,你千万不能和阿源提起炭的事情啊,知道了吗?说到底,我们并没有看到盗窃现场,只不过丢了几块炭就到处嚷嚷,和那种人结了怨,反倒不好。真是的。"老太太自有老太太的担心,一番谆谆劝导。

"真的是这样。阿德动不动就爱挖苦人,要是这件事情和阿源说起来,那可了不得。反过来,要是人家反咬一口呢,还不知道要有多惨呢。我最受不了她男人矶吉,总是那么阴阳怪气的,简直是个怪人。还那么鲁莽,老是得理不饶人的。"阿清和老太太有着同样的担心。老太太虽说嘴上没有提到矶吉,但其实是心照不宣的。

"什么,那个男人不就是一个普通人吗。"真藏说着站了起来,"不过还是敬而远之的好。"

真藏躲进了自己的书房。炭的问题告一段落,阿德和阿清赶紧开始准备起了晚饭。

阿德暗自等着阿源的现身,她会以怎样的颜面出现呢?

平时一到傍晚她就会来打水，可今天迟迟不见人影，阿德颇感不解。

太阳落山了，一个小时后，矶吉过来打水了。

下

阿源以为，虽说被真藏看见，但应该也糊弄过去了。当时她刚好把土炭揣进袖筒，左手按在用围裙包好的佐仓炭上，正准备再拿一块时，真藏从窗口探出了头。但她深信，主人生性善良，不爱乱猜忌，应该是没有注意到。可到了傍晚，却无论如何也没有勇气去打水了。

因此，没等矶吉回来，她就早早钻进被窝睡下了。虽然躺下了，却无法安睡。那条又脏又硬、薄薄的棉被，晚上因为和矶吉挤在一起，靠两人的体温，勉强还能驱赶寒气，可现在一个人，棉被像块硬板似的，怎么也无法贴身，比睡在外面还冷上一倍。她不停地打着冷战，尽量让自己缩成一团，乍一看上去，难以想象下面躺了一个人。

她越想越难受。对于贫寒，她习以为常，但却还没有习惯做小偷。从前些天开始，她就不时摸几块炭回来，虽说没拿几块，但掩人耳目地偷东西，这还是头一次，真是一念之差呀，心下泛起了一阵从未有过的不安。这不安里，饱含着恐惧和羞耻。

今天的事，又不断地浮出脑海。老爷那张从窗户望下来的脸，好像就在眼前，想到自己为做掩饰，手里掂量着炭的情景，脸上顿时感到火辣辣的烫。

"真是的，怎么搞的呀！"阿源禁不住喊了起来。转而又气得发昏，"要是让人家知道了，可怎么办？""怎么会知道呢？老爷心地那么善良。""心地善良就靠得住吗？""心地善良就是愚钝啊！"她焦躁地自问自答。

"愚钝！愚钝！愚钝！"她再次喊叫了起来："哼，他能知道什么！"自己又追了一句。她从棉被里探出头，太阳已经落山，临街的纸门上映出了月光。可她仍旧不想起来点灯，赶紧缩回了头，又卷成了一团。这时矶吉回来了。

矶吉听她说头疼才这么躺着的，既没发怒，也没表示出任何的吃惊，自己点上了灯，见壶里的水是温的，往火钵里又添了些炭，自己打水去了。等水开的功夫，他只是吧嗒吧嗒抽着烟。

"怎么个疼法儿啊？"

没有回答，矶吉盯着鼓成一团的被子看了一会儿，又问："喂，还疼吗？"

依旧没有回答，矶吉也就不言语了。水开之后，他照例把热水浇在冰凉的饭上，就着腌萝卜，吃了起来，像是在吃一顿期盼已久的美味。

棉被里传出阿源的嘤嘤啜泣声，矶吉嘎巴嘎巴咬着酱菜，和着稀饭，呼噜呼噜吞咽着，吃得津津有味，异常投入，反倒什么声音都入不了耳了。等矶吉吃完饭，啜泣声也停了下来。

矶吉把烟袋在火钵边吧嗒吧嗒磕了磕，棉被蠕动了一下，阿源半裹着身体，坐了起来。被子前面敞开着，膝盖露在外面，可她丝毫没有盖上的意思。只见阿源脸颊涨得通红，眼里噙满了泪水，不断地抽泣着。

"到底怎么回事，啊？"矶吉问着，这个男人，好像天生就从不会惊慌。

"矶吉，这样的日子我真受够了！"阿源一股脑说了起来，声音里带着哭腔："我嫁过来，好歹也有三年了，总是有了上顿没下顿，现在想想，真是没过过一天好日子。虽说我也没指望享什么福，可这日子未免也太苦了。这不就和讨饭的一样吗？你不这么觉得吗？"

矶吉默不作声。

"咱们这不成了为活着，才吃饭的人么。这世上饿死的人多得是，为了活着而吃口饭，谁都可以做呀。这也太可悲了吧。"她用袖口拭了一下泪，接着说，"你不也是一个有本事的手艺人嘛，日子就咱们俩人过，可你看看现在，永远是这么穷，而且不是一般的穷。从来就没住过一个像样的地方，总是住在这种堆房似的房子里……"

"有完没完。"矶吉头都不转，看也不看阿源一眼，粗暴地敲着手中的烟袋。"你要发火就尽管发好了。今晚我是不管了，怎么着我都要把心里话说出来。"阿源怒气冲冲地说。

"没人喜欢过穷日子。"

"那你倒是说说，为什么每个月你都要休息十天？你又不喝酒，也没什么其他嗜好，只要好好干活，也不至于过这种穷日子呀……"

矶吉盯着火钵里的炭，一声不吭。

"所以说，哪怕你稍微再使把劲儿，也不至于像现在这样，连个碎炭都买不起呀，这未免太可怜了吧……"说着，阿源倒在被子上失声痛哭。

矶吉猛的一下站起身，到土间趿拉上麻草鞋，冲出了屋子。屋外月色皎洁，虽没有一点儿的风，却冰寒刺骨。矶吉急步走上了一条新开的路，约莫走了一里多，来到同事金次的家。和金次下了半天棋，十点过后，临走的时候才开口，想问他借一圆钱。可金次却说，要是明天的话，还能想些办法，今晚真是分文没有，就这样把他回绝了。

归途经过一间炭铺。这家店卖酒，也卖劈柴和碎炭，大庭家的劈柴和炭都从这里进，阿源也会上这里买一些炭。开发区的铺面一般关门都比较早，这家炭铺也已经上了板子。矶吉在门前徘徊了一会儿，房檐下摆着一排炭篓，他突然扛起一篓子炭，窜进了旁边的乡间小道。

他飞奔回家，砰地一声，把炭篓撂在了地上。炭篓重重的落地声，惊醒了哭着哭着就睡着了的阿源，可她却没吱声。她甚至没有注意到刚才那是什么声音。矶吉紧贴着阿源，钻进了被窝。

次日一早，阿源看到炭篓，吃了一惊：

"矶吉，这篓炭是怎么回事？哪儿来的？"

"当然是买来的。"矶吉依旧窝在棉被里，他不到吃饭，是不会爬起来的。

"哪儿买的？"

"问那么多干吗？"

"问问又怎么了。"

"初公隔壁那家店买的。"

"啊，干嘛跑那么老远去买……呦，你不会把今天买米的钱，全给用了吧。"

矶吉坐起身："还不是你昨晚絮叨个没完，说我连个碎炭都买不起，听得人不胜其烦，我跑到金公家，想跟他借点儿钱，可他却没有。我赶紧又跑到初公那里，听我说要借钱买炭，他倒是很慷慨，跟我说，光是一篓子炭的话，去我们附近的酒馆拿就好了，我就以初公的名义赊了一筐。有这些，总可以撑个四五天了吧。"

"哦，闹了半天是这么回事。"阿源满心欢喜，很想立刻打开看看，可还是做早饭要紧，忙说："何止四五天呢，咱们家十天都够用了。"

昨晚矶吉走后，阿源前思后想，觉得除了劝男人振作起来，自己这么消沉地躺着，终究是什么都解决不了的，而且总不在大庭家露面，反而会让人多想。

于是，她像往常一样，给矶吉准备好便当，送他出门，自己吃了饭后，把房间收拾停当，拿起水桶，推开了栅门。

阿清和阿德已经出来了，阿清看到阿源吃惊地问：

"阿源，你怎么了，脸色这么差？"

"昨天稍微着了点儿凉……"

"自己当心点，千万别感冒。"

阿德说了一句"早哇"，就只打了个招呼，什么都没说。阿源发现一排排的炭篓不见了，脸色大变，眼珠子一通乱转，到处寻摸，阿德看到后，不禁咧嘴一笑。阿源立刻反应过来，瞪向了阿德。阿德看到这眼神，立刻意识到这是挑衅的信号，本想挖苦她一下了，可碍于阿清在一旁，只得忍下。恰在此时，增屋那个十八九岁的听差推开了栅门，走了进来。昨晚矶吉偷回来的炭，就是从这家店里拿的。

"各位早上好，"他打了声招呼，发现昨天还摆在外面的炭篓，一个都不见了，便忙问，"哟，炭都收起来啦？"

阿德就等着这句话呢：

"是呀，全都放到屋里去了。搁在外面，实在太不安全。如今炭这么贵，让人拿去一块，可就损失惨重了。"说着，眼睛看向阿源，阿清瞪了阿德一眼。阿源打完水，刚往外走出两三步，只听："真的是太不安全了。我们店里，昨晚刚被人偷去一筐炭。"

"怎么回事？"阿清问。

"放在门外就被偷啦。一般卖出去的炭，总是堆在门外。"

"偷走什么了？"阿德一边问，仍是执着地盯着阿源。

"上等的佐仓炭。"

阿源听着他们的问答，咬紧了牙关，踉踉跄跄地走出了栅门。

进了土间，扔下水桶，慌忙打开炭篓，往里一看。

"天呐，怎么是佐仓炭。"她失声喊了出来。

阿德被老太太和夫人厉声训斥了一番。天到傍晚，还没见阿源的身影，阿清有些担心，借口探病，去阿源家看看。屋里悄无声息，阿清喊了两声"阿源，阿源你在吗？"没有回答，她心里打着鼓，推开了纸门。只见土间正中，阿源应该是把炭篓当作了脚凳，用根细绳，把自己吊死在了房梁上。

过了两天，竹栅门给拆了。篱笆又恢复了先前的面貌。

又过了两个月，矶吉娶了一个与阿源岁数不相上下的女人，搬去了涩谷村。同样，还是住在猪圈一样的小屋里。

初刊于《中央公论》

明治四十一年（1908年）

两个老人

上

　　那是一个秋季的小阳春。日比谷公园的长椅上，石井老人正自坐在那里休息。说是老人，其实他才刚满六十，腿脚麻利，腰板挺直，身子骨颇为硬朗。

　　日薄西山，红蜻蜓招展着四翼，迎风起舞，上下翻飞，翅膀上金光闪烁。老人眨眨眼睛，目光随着蜻蜓，漫不经意地转动着。他心念空寂，旁无杂念。

　　三三两两的人，从老人面前走过。有老有少，有的健硕，有的羸弱，却没有一人去注意老人，老人更是不管眼前走过的是人是狗，好像均与己无关。悠悠行路人，如若无缘，即便咫尺，却似千里之遥。只有那沉静肃穆的苍穹，仍以公道的姿态，包容着天地万象。

　　他把手伸进左袖筒里，窸窸窣窣掏了一阵，拿出一根"朝日"叼在嘴上。接着又摸出一盒火柴，火柴盒半边已被压扁，里面只剩下了五六根。好巧不巧，他连划两根都没点燃，好在第三根总算是点着了。

他嘶——嘶——地抽着烟，甚有滋味。袅袅的白色烟雾，在眼前幻化，呈透明状，缭绕升腾，飘散而去。

"咦，那不是阿德吗？"

烟雾散开，就在即将消隐的当口，忽然一个身穿西服的年轻绅士，从石井老人眼前一闪而过。因为中间隔着块草地，约莫有三十米开外，所以看得不是很真切。虽不敢肯定，但的确很像。无论背影，还是走路的姿势，几乎可以断定，就是小武无疑。可惜他走得太快了，转眼便隐没在了树荫里。

正因着眼前的一晃，石井老人心中的平静被打破了。

两三天前，石井老人的外甥——山上武曾来拜访过他，张口闭口对他的无为主义进行了一通猛烈抨击。石井老人习惯把小武唤作阿德。小武乳名叫德助，在他十二三岁的时候，阿德的父亲便按当时的流行词汇，给他改了名。

一看到阿德的身影，老人不由得想起两三天前他的那番言论。

阿德的话，并非毫无道理。虽说有可取之处，但感觉这些话却并非出自真心。其实估计那家伙自己也不信，只不过是当下的一种世俗之言，人云亦云，他也就跟风罢了。阿德的本意，就是想让老人再次出山，挣个五圆、十圆的。他的说法是："不能再像之前这样游手好闲啦，趁着腿脚还利落，能捞，就多少捞点儿，这才是正理。只要当舅舅的还有这个心气儿，我来帮你从中周旋，反正您老本来也退隐了，挣个十圆又没什么可耻的，怎么样？"竟而还说："人活一世，只要眼睛还睁着，就不能无所事事。但凡身子骨还行，还有口气的话，就得干活儿，这是做人的义务。"这话不是自相矛盾吗。总之，就是想让自己出去工作……想到此，老人的一根烟刚好抽完。

一年前，石井老人从某官职上退休，总算也拿上了三百圆的养老金，平均一个月能有二十五圆。一家四口除了妻子以外，还有两个女儿——二十岁的阿菊和十八岁的阿新。银行的存款屈指可数，照常人看来，日子过得挺紧巴，可石井老人却不以为意。

就看看那些车夫和普通劳动者，哪儿有什么饿死的道理？当然，饿死是不至于，可算一下房租、伙食，外加阿新的学费，二十五圆只是勉强凑合，能应付过去。

按石井老人的想法，能将就，就将就着过。自己也是个退休在家的人了，难不成还要整天揣着便当，跑到公司、衙门，或是去医院当个会计？就算能挣下个五圆、十圆的，又有什么意义。自己也是任劳任怨干了一辈子，总算熬到了退休年纪，混下了一份退休金，还要怎么样？亏了是在这太平盛世，想这一辈子，既没犯错，也没得病，更没受到上官下吏的吹毛求疵，就这么太太平平过来了，如此一看，自己还真可谓是幸运呀。既然靠着这份退休金能过下去，就该感恩戴德，把那些欲望杂念一并抛开，一家人幸福和睦地过着自己的小日子，这才是常理嘛。二十五圆之外，即便再多个十圆，又能奢侈到哪里。"一个个的，简直都掉进了欲望的陷阱。"就为这五圆、十圆任个职，无论刮风下雨，都得趟着鼻涕，拎着便当，和那些年轻人挤在一起，晃晃荡荡地上班去。唉，这种差事没法儿干！

就这样，在他功成身退后，仍有些亲朋好友不断前来劝说，想让他找点儿事做，有的甚至已经和对方交涉得差不离了，可他还是以上述理由，一概婉拒了。妻子是个乐天派，行事旷达不羁，不用多费口舌，一句抱怨也没有。阿菊和阿新两人，也是尽量帮扶着母亲买菜烧饭。因此，石井老人的无为主义，便得以切实地践行起来。

然而小武的母亲，石井老人的小姨子，对这种无为主义却极为反感。即便姐姐盲目跟从，但女人毕竟是女人，要是石井老人能出去做点事，除了这二十五圆外还能再多挣个十圆，那日子就宽松多了。因此撺掇小武，去说服老人。

最初上门前来开导他的那些人，都觉得他是个老顽固，纷纷撒手不管了。于是，一个周日的午后两点，小武的身影出现在了赤坂区南町，石井家的门口。那条巷子，人力车也无法通行，房子就在三间联排屋子的最里面。老旧的建筑，倒也不算寒酸。一进门的屋子四叠半，用作玄关兼餐厅，长火盆之类的物件一应俱全。隔壁是间八叠的客室，厨房的旁边，还有间昏暗的小房间，只有三叠大。朝南的廊子外，是一个宽不足三米的细长庭院，有一个花架，上面摆放着老人用来消遣的盆栽。地方是窄了点儿，却收拾得井井有条。从门槛、柱子到廊檐，都擦得一尘不染，锃光瓦亮。

"有人吗？"小武说着，拉开了纸门，餐厅里空无一人。

"我是小武。"说着，他走进了客室。

"是阿德吗？快进来。"客室里传来姨母的声音。

小武进了屋，拉开纸隔扇，只见房间里姨父姨母对坐，两人面前摆着一盘围棋，正自厮杀得紧。姨父看了小武一眼，面露微笑，算是打了招呼。

姨母则说："阿德，你在那边先等会儿，很快就能一决胜负了。"俨然是一副心无旁骛的样子。

"不着急，你们慢慢来。"除此之外，被喊作阿德的小武还能说什么呢。无奈之余，也只能盯着棋盘。

"阿德会下围棋吗？"姨父手执棋子问着他。

"一窍不通。"

"四目死活总会吧？"

"五子棋倒是还凑合可以来两把。"

"哈哈……五子棋，太小儿科了。"

"姨母也会下围棋呀，这我倒头一次见识。"

"我吗？我可是老手啦。"说着话，头也不抬。

"您二老常下棋吗？"

"那倒没有。这么个下法，还是搬过来以后才开始的。欸，等一下嘛。"

"那不行。"石井老人点了根烟，嘶 —— 嘶 —— 地悠然吸了起来。

"可是，这块的封锁我没看到呀。"

"刚才我就三番两次地警告过你'要当心，要当心'了。"

"可这'要当心'不是你的口头禅吗。"

"这口头禅是怎么出来的？谁给培养出来的？"

小武一旁听得，不禁扑哧笑了起来。

"也就是说，你怎么都不等了是吧。"

"等不了。这样等下去，会惯出毛病的。"

姨母看了看中盘，想了想便说："那就提子吧。这里一切断，就只能收官啦。"

"嗯，也就这样了。"

于是姨母就此认了输。接下来，重新寒暄过，话题便转为闲谈。小武和姨父姨母面对面坐下，听着他们唠着家常，什么每天都要杀上一盘啦，今天两个女儿去上野公园散步啦，等等。

经过上面那件事后，这位叫阿德的小武也撒手不管了。拖拖拉拉过了半年，他母亲终究是看不过去，又来缠着他，还是得想办法说服石井老人。小武倒也明白，就看夫妻俩这琴瑟调和的对弈，绝不是用"出去做事，挣个五圆、十圆"能说动的。于是，这次他改变了策略，搬出了一套"白食罪恶论"来，满嘴喷沫，喋喋不休，絮叨了半天。

直到叫阿德的小武讲够了，石井老人才开口。

"要这么说，隐居在山里，那些餐葩饮露的人该怎么办？"

"那就成仙啦。"

"仙人也是人呀。"

"难道姨父您也是仙人吗？"

"我就打算当一个隐居都市的仙人呢。"

就这样，老人一举挫败了小武。

下

一根烟抽完，石井老人刚打算从长椅上起身，阿德的"白食罪恶论"就冒了出来，又搅得他心乱如麻，便再拿出一根香烟，继续吸了起来。阿德的意图，他算是看透了。虽说用"仙人论"给反击了回去，可是身子板儿还这么硬朗，整天介不务正业的，也没什么可值得炫耀呀。但能做点儿什么呢？让我拎着便当出去打工，那是没戏的。何不成去乡下当农民？这倒也不错，可也没块地呀。这下让老人犯了难，只得又用"仙人论"来做挡箭牌，左思右想琢磨了起来。就在这当口，只感觉"噗通"一下，像是有重物砸了下来，旁边一人坐在了他的椅子上。转头一看："哎呀，这不是河田兄吗。"

对方刚才好似完全没有注意到石井老人，忽听得这么一嗓子，才猛然起身，连忙脱帽："哎呀，没想到是石井兄，出乎意料，失敬失敬。"一连劲儿地点头哈腰寒暄着。他的脸微微涨红了，看起来有些狼狈。这也是一个六十开外的老人。

"请坐，请坐。久别重逢，近况如何。"

"唉，没什么好说的。"他边说边坐了下来。

"还是老样子，惭愧，惭愧。"他张开那只骨节突出的手，粗暴地拢了几下蓬乱的花白头发。

石井老人已然换了棉服，一身干净利落。可那位河田老人呢，穿的却是从柳原街淘来的一件苏格兰呢旧西服，脚下的鞋子也张开了口。

"不过，总得有点儿活计吧？"问话的同时，石井老人目不转睛地上下打量着河田，心里暗自道，果不其然，还是那副老样子。

"唉，说真的，实在是……"河田依旧搔着头皮，之后从兜里掏出黑黢黢的鹿皮烟盒，还有一只扁平的烟袋。然而烟叶已碎如残渣，呈了粉状，无奈只得收回口袋里。见状，石井老人把"朝日"递了过去。

"抽这个吧。"

"哎呀，那就不好意思了。"河田老人毫不客气地取出一只，就着石井老人的火点燃了。

这二老，三十岁左右时，曾同在一家机构供职过一年，而且石井的某个亲戚，正好又是河田的远亲，因而石井家时不常可以听到些河田老人的消息。"现在又在干什么呢？""说真的，简直是太可怜了。"诸如此类的话不绝于耳。

"可你总不至于闲着吧。"石井老人不无担忧地追问着。

"唉，说真的，实在是……"

这就是河田老人的秉性了，和人讲起话来，总是不把话说明白，一点无伤大雅的小事，也会自惭形秽。

"上次你来我家，已经是五年前了吧？"石井老人想起了往事。

"已经过去这么久啦，光阴如梭呀。"

"那天，你一杯酒下肚，快活得手舞足蹈，嘴里还唱着

'雨夜，睡梦中游向了日本海'，甚是开心呢。哈哈哈哈。"

"哈哈哈哈。"河田老人也跟着笑了起来，但还是一语不发。只是不知怎地，有些略显不安。

三十岁那年，他的一个恩人硬把他收作了养子。那家姑娘有些疯癫，老人终于无法忍耐，带着儿子敬太郎逃离了那个家，孩子放在姐姐那里，托她抚养，自己再也没有娶过一房妻子，孑然一身，直到六十多岁，老人的一生就这样过来了。

终究是因为老人形单影只，让他如此不得志，还是因为如此的厄运，让他孤苦伶仃，那就不得而知了。

河田老人是个好人，他平时滴酒不沾，也没旁的娱乐消遣，与人交往也尽是通情达理。可就是诸事不顺，总是忙不迭地东奔西走，居无定所，落到如今的命运，实是让人匪夷所思。

不光石井家的人，凡是认识河田老人的，都众口一词，觉得"他太可怜了"，对他的遭遇备感疑惑。可大家又不约而同地认为，其中不是不无"理由"的。其一，他太没骨气。这么说吧，在他被收作养子前，曾有个海誓山盟的女子。他临到去做养子前，才在丸屋花了五圆，给她买了一条腰带，算作临别纪念，两人这才哭哭啼啼地分了手。其二，意想不到的是，他顽固傲慢，会为些小小不言的事大动干戈，最终丢了饭碗。其三，他又过分拘谨。

果然不错，如此说来，老朋友们所说的这些"理由"，也多少言之成"理"了。

然而，其中必然还有更大的理由。一个人从青年到老年，如果没有父母兄弟，一直无家无室地独自生活，在现今社会，大抵应该都与河田老人有着同样的命运吧。难不成随着人的年老体衰，反倒会更加富有吗。

老人的儿子敬太郎，和他了不相干地长大成人。到了二十五六岁，支起个摊位卖些菜，没过多久，却又改行，做起了占卜师，到了现在，却连个人影都不见了。由此看来，河田老人流淌的该不是"流浪者"的血吧，而这一血脉，是不是也传递给了敬太郎呢。

对此，石井老人自然不会过多在意，过多深究，只把他当作可怜人，打探一下他当下的境况，因此才会旧事重提。可河田老人对此却毫不理会，依然是一副惶惶不安的神色。

"几点了？"河田老人突然问了一句。石井从腰间取出一只大银表看了看说："三点半。"

"哦，那我得赶紧走了。"河田老人急忙说了一句，四下里看了看，压低声音又说："其实吧，这阵子我在给一个妇女会做收款员，一天到晚在东京的大街小巷跑来跑去的，可这把年纪了，也是觉得有些吃不消，想换个轻省点儿的事情做。这不，总算找到一个还算是可以的。伙食费全包不说，每月还另拿七圆的薪水，况且这活儿也不太费体力，就想着赶紧换了它。可是……"说着又朝四周踅摸了一下，进而踮起脚又看了看，这才把声音压得更低说："我做了件大不该的事儿。因为日子过得紧巴，我就把收来的钱一圆、两圆地给挪用了，结果一下子用掉了十五圆。可要是不能把钱还回去，把账平了，就去不了刚说好的地方。于是这四五天来，我东奔西走，就是为了筹措这十五圆钱。总算碰到三十间堀一个叫野口的老朋友的儿子，答应我只要能想办法还上钱，他就肯借我。约好了今天下午四五点之间去和他详谈。唉，真是一肚子苦水呀……不过挪用公款的事，万望保密。"说罢，便起身，还没等石井老人开口，他已点头哈腰地告辞走远了。

留在原地的石井老人，茫然地目送着河田的背影。

河田老人之所以要踮起脚来张望，是因为害怕警察。就在老人和巡警擦身而过时，只见他急忙手扶帽檐，行了一个礼。见此情景，石井老人也并不理解其中的深意。

初刊于《文章世界》
明治四十一年（1904年）

译后记

明治时期的文豪国木田独步（1871—1908），是诗人，也是小说家。幼时随父辗转各地，在日本山清水秀的广岛、山口、岩国以及中国地区成长起来，加之深受英国湖畔诗人华兹华斯"唯情论"和"回归自然说"的影响，其前期作品带有浓厚的浪漫主义抒情色彩，作品中洋溢着诗情画意。到了后期，独步的写作风格转为现实主义，其中一些作品带有自然主义倾向，流露出伤感与悲观情绪。

他的作品文笔细腻优美，备受夏目漱石、芥川龙之介等作家的好评。时经百年，读起来仍令人感到清新、自由，那鲜明的灵魂仍深深印刻在我们心里。

众所周知，国木田作为作家，处女作是合著诗集《抒情诗》，其中"自由存于山野"更是家喻户晓。他曾多次坦言，自己深受华兹华斯的影响，从他的自传体小说《少年的悲哀》里，也可了解他对自然的体验。小说中，国木田对自己的童年有着这样的描述："少年时代能够生活在乡下，对父母的这番用心，我实是感激不尽。如若八岁就和父母去了东京，与现在的人生，估计是大相径庭了。虽说知识层面可能会丰富多彩，但我敢肯定，读上一卷华兹华斯的诗，诗文里那高远、清新的意境，恐怕是不能体会到的"；"我遨游在山野，度过了七年幸福的时光……周围林木环抱，有的是溪流和清泉，还有一汪池塘，不远处便是濑户内海的入海口。山川野岭，溪谷海川，无不是我自由的天地。"

由此可见，国木田的文章固然有着华兹华斯的影响，但也可以看出，容身在自然的少年时代，对他的自然观以及后期的思想产生了巨大影响，进而使他写出了"自由存于山野"，以及优美的散文《武藏野》和《难忘的人》等脍炙人口的名篇。

国木田独步无疑是一位诗人

芥川龙之介曾说过："他有一颗柔软的心，毋庸置疑，他就是诗人。"

国木田独步的《武藏野》自明治三十一年（1898年）起刊出，以武藏野为舞台，叙事成散文，记录下秋末冬初武藏野的美。他通过自己的见闻，着力给读者描绘了武藏野的田园风光，淋漓尽致地展现出辽阔无垠的武藏野，让读者仿佛置身其中，深刻感受到了武藏野的风物和美，以及蕴含的诗趣。

在诗情满满的《武藏野》中，我们看到了楢林，看到了黄叶和落叶，我们可以听到林中的静寂，鸟儿的婉转鸣啼，还有秋雨携风的萧萧飒飒。我们可以感受到初夏的日光，信步漫游在落叶林中，更可以在不经意间，看到那美妙绝伦的落日余晖。我们可以走进那些大小溪流，去到那生活与自然完美结合的市郊。

"昔日的武藏野本是一片萱草原，壮丽绝美，而今却是林繁枝密了。或者不如说繁茂的林木，已是武藏野的特色。"国木田住在离都市不远的地方——人的生活圈与自然相交的田园地带，使他得以描绘出那个时代的"武藏野"。"在日本，除了武藏野，哪里还有这样的地方呢？北海道的原野自不必提，就连奈须野也没有吧，此外还有何处呢？林野交织，生活与自然浑然一体，哪里会有这般地方？"

"漫步在黄绿参差的林中，看天空一碧如洗，阳光穿过树梢，微风吹拂下，叶片光影斑驳，美得让人窒息……但在武藏野，那广袤平原上的森林，在夕阳晕染下如火般的辉煌，却更让人叹为观止。如能登高远望，将之尽收眼底，自是再好不过；如若不成，在平原之上一览无余，见微知著，那无限的美景，亦尽可想象。遐想中，迎着夕阳，举步走在落叶之上，是何等的惬意。"

武藏野风景不改，而国木田的《武藏野》不灭。他自觉诗人乃是自己的天职，并咏叹"自由存于山野"。在国木田的生涯中，支撑他的，是诗人的灵魂，其篇章中都澎湃着一种诗情画意。

国木田独步无疑是一位画家

《武藏野》中，我们看到的是形、色、光、影、音的展现，宛如一幅生动的全息影像，让我们仿若置身于武藏野的"春夏秋冬，风雾霞月，时雨时雪，绿荫红叶"，看到了作家以画家般的笔法描绘出的风景，看到了万般更迭的武藏野风物，看到了浓缩在镜头里那作者如诗一般的描述。

首先映入眼帘的，是武藏野的全貌，而后便看到了水田和旱地，进而视角变化，我们看到了远处连绵的群山，以及低矮的地平线。有片段的自然，有连续的快速闪切，全景、近景、中景、远景自由切换，国木田以画卷一般的远近手法，逼真地呈现出了武藏野的全观。

《难忘的人》仿佛是《武藏野》延长线，这一变焦镜头般的描绘手法，也处处可见。舞台背景设定在龟屋驿站，小说主人公大津弁二郎向在同一驿站投宿的秋山松之助讲述了自己心中那些难以忘怀的人。

第一段里，"我只是在那里左顾右盼，环顾着岛上风光"。此时，看到一个小岛，"他频频弯腰拾着东西，然后扔进竹篓或是桶里"，"我凝望着这荒凉的小岛，看着那个沿着海岸捡拾东西的人"，紧接着"沙滩、山峦、岛屿渐渐隐入彩霞里"。我们仿若伫立在甲板上，通过长焦镜头看到了海面全貌，我们慢慢靠近了小岛，进而又驶离了小岛，全景、近景、远景浑然天成，不但酝酿出旅途的情绪，人与自然的融合也历历在目。

第二段在九州的阿苏山旅行中，看完火山落日的归途上，听到"车夫朗朗而清澈的歌声，伴着空车声渐渐迫近"，看到一个二十四五的年轻男子，"那魁梧的身躯，虽然只是一个黑黢黢的轮廓"，"我目送着年轻男子的背影，再次望向阿苏的喷烟"。由壮阔的自然景观，进入喧闹的村庄，最后在空寂中听到了年轻人的歌声，时空与人物交错，宛如一道视听盛宴，还能有什么比这光景更具冲击呢？

第三段在四国三津滨的鱼市，"腥臭扑面，路人无不扇动袖袍或衣摆，掩鼻而去"。而就在这里的一条巷子中，遇到了一位琵琶僧，"他的脸色和眼神中，透出一种悲戚，恰与琵琶声相和，在呜咽的琴弦伴奏下，他的歌声显得如此低沉、沙哑而又浑浊"。"如此喧闹的街巷，本与这琵琶僧以及他的弦音极不协调，但一切却又像是注定好了一般。"五感俱全，杂然的生活与现实交错，污浊不堪的场景与清净无垢的世界交织，协调与不协调并立，就像大津所说"令我无比苦闷"，"我的心，再没有比此时更平静、更自由的了，争名逐利的俗念一切俱消，心中的关切同情，再没有比此时更深切的了"。

国木田的文字无不让人感受到他对自然的热爱，正因为他的热爱，才能对自然有深刻的感悟，才能有细致入微的观察，才能将其声色并茂地如实呈现出来。

国木田独步无疑是一位充满同情心的作家

最初国木田是浪漫抒情诗人，到晚期，他的作品多为现实主义题材，如《穷死》《竹栅门》，更多表达对底层人的同情，探讨人生为何的问题。从中我们可以看到作者在当时社会中的彷徨，但作家并未道出解决办法，而是像《牛肉与马铃薯》的结尾所写："'哈哈，我还是一个享乐派嘛……'冈本与众人齐乐。但从冈本的脸上，近藤看出了一丝不易察觉的苦痛。"

《牛肉与马铃薯》是两种观念上的对话，不无独特。牛肉喻理想，马铃薯喻现实。人活于世，光靠一些华而不实的东西，是很难存活的。在与同好之士的酒间长谈中，冈本道出了自己的肺腑之言。这篇文章多处涉及死亡的话题，因而让人痛感"我的愿望不是想探究这不可思议的宇宙，而是要对这不可思议的宇宙感到震惊！"，"这愿望不是要解开死亡的秘密，这愿望是想对死亡本身的事实感到震惊！"与其说是小说，倒不如说是哲学家的思考。

国木田的众多作品中，虽然每一篇都短小精悍，但文中多有谈论到死亡。如《酒中日记》，母亲盗取了暂存在今藏处的捐款。今藏与母亲讨还未果，为筹措到母亲拿走的捐款，今藏把捡到的钱私扣了下来。得知丈夫行走在罪恶的边缘，无奈之下，妻子抱着幼儿投井自杀。

《竹栅门》描绘的是一对贫贱夫妻。因备感生活之苦，妻子从大户人家偷取了炭，而被妻子埋怨挣得少的丈夫，理屈词穷之下也盗了一篓炭，妻子在众人异样的眼光下，悬梁自尽。

死亡的缘由，只是百圆现金，或一篓炭，这无非是想告诉读者，现实是残酷的。

这残酷的现实中，还有像《春鸟》中白痴儿童六藏那样的人物。"哑、聋、盲的不幸，皆是大同小异。说不了，听不到，看不见，可依旧都能思考。有所思，必有所感。而白痴则是心智上的哑、聋、盲，无异于兽类。"

《富冈先生》中的顽固老人撒手人寰后，"东京的两三份大报上，都刊出了大大的讣告"，"此则讣告，实乃先生对这个世界的最后一声怒吼，他的满腔不平和所有的余恨，都借助知己之力，彻底地发泄了出来"。

　　《少年的悲哀》里随处飘浮的淡淡愁绪，"那一夜的哀愁，有如薄雾般笼住我心头，随着年龄增长，反而越加浓厚。现在，每当想起那时的情景，我仍无法承受，那份哀愁，如此深沉，如此静穆，又如此寂寥，已让我深深铭刻在心"。

　　对未来怀有"彷徨不安"的国木田，于明治四十一年（1908年）六月二十三日因肺结核死于茅崎。《新声》《新潮》等杂志，在七月号刊出了特别追悼版。《趣味》杂志更是在八月发行的特别追悼版封面正中央大大地印上了"文豪国木田独步"。

　　国木田的短篇小说，总体篇幅不长，每每临近尾声，总有一句神来之笔，让人不忍与之惜别。虽说有些仅有几千字，虽说他离我们已是百年之遥，但依旧挡不住文中的光彩。那绘声绘色的描述，带我们走进那个时代，令我们轻嗅到那个时代的气息，让我们感受到他的精神，并与他同在。

　　国木田的短篇小说，读起来总有一种浓郁的哀愁，一种切肤的温暖。读着每一篇小说，仿若身临其境，无论是面对自然，还是面对人，文中充满了对自然的喜爱和对人的诚挚。文中也无不充满着感伤、苦闷和无奈，作家笔下的人物多是一些性格懦弱、多愁善感的人，他们不能也不敢面对现实，总是试图逃避，而作家也只是客观地叙述了他们的故事，并没有为其指明方向。

我们从他的很多作品里都可以看到，自然与人生的对比，人间悲剧多融入于美丽的自然中。

国木田三十七年的生涯，虽是短暂，但永存于我们心中。他的作品之魂超越了时空，依旧鲜活地展现在我们面前。他没有高声疾呼，但对每一个人都亲切、温柔且深情地低语。因而灵魂之间的对话，永存不灭。

国木田的文字，在日本享有美誉。译者本着忠于原文，力争高于原文的理念，把明治时代的语言翻译成现代汉语，感觉颇有收获。译笔但有不足之处，尚望读者不吝赐教。

写此絮语，因手头掌握的资料有限，不避粗疏与舛误，试编题解希高明有以教我。

译者

辛丑年荷月

国木田独步简略年谱

くにきだどっぽ 1871—1908

1871年8月30日　生于宫谷县海上郡（明治时期日本行政区划之一，现在千叶县境内），原名国木田龟吉。

1876年—1887年　因父亲国木田专八的工作调派，辗转生活在山口、广岛、岩国等日本中国地区。

1887年　因学制改革从当时的山口中学退学，不顾父亲的反对前往东京。

1888年　进入东京专门学校（后来的早稻田大学）英语普通科学习。对明治维新抱有强烈兴趣，因结实文学家德富苏峰开始立志走上文学之路。不久后即在《女学杂志》发上表处女作《野望论》，并在《青年思海》等刊物中崭露头角。同时开始出入教会。

1889年7月10日　改名国木田哲夫。

1890年9月　转入英语政治科学习。

1891年　因为不满学校改革及当时的校长鸠山和夫，参与罢课行动，不久后退学。同年移居至山口县麻乡村的亲戚家中，度过了一段野钓、散步的自然时光，并开始在麻乡小学教授英语。以当地某位老者为原型，写下名篇《富冈先生》。

1892年　计划与当时的恋人石崎富美（トミ）结婚，但遭到女方双亲反对，陷入消沉后返回东京。后写下《酒中日记》及《归去来》等作品。

1892年2月—1894年　移居到柳井，这期间开始执笔去世后出版的日记《不欺之记》，影响颇大。

1893年　在德富苏峰的介绍下前往大分县佐伯市担任英语及数学老师，但因为基督徒身份遭人厌恶，于1894年7月末离职。但之后有数篇作品以佐伯为舞台。

1894年　参加《青年文学》杂志。加入民友社，成为《国民新闻》记者。同年与日本基督教妇女矫风会的干事佐佐城丰寿的女儿佐佐木信子相遇，热恋中又遭女方双亲反对。独步为畅想与信子的未来只身前往北海道，计划购入林间土地，这一行动影响了他的很多作品。

1895年11月　信子与家族断绝关系，两人以德富苏峰为媒人结婚，开始在逗子经营两人生活。但不久就因生活贫困返回老家与双亲共住。

1896年　信子失踪，两人离婚。两人的故事被小说家有岛武郎写成《某个女人》。伤心之下准备前往美国，但计划流产。随后返回东京重启写作。同年11月结识了文学家田山花袋、松冈国男（后来的柳田国男）。

1897年　在《国民之友》上发表《独步吟客》，并与花袋、国男共著诗集《抒情诗》。

1898年　与榎本治结婚。之后，治开始以国木田治子之名发表小说，并参与了日本近代第一本女性杂志《青踏》的创刊。

1901年　在二叶亭四迷翻译的屠格涅夫小说《约会》的影响下结集刊行《现在的武藏野》(后改名《武藏野》)，但并未受到当时文坛的重视。

1902年　持续创作，陆续刊载《牛肉与马铃薯》《镰仓夫人》《酒中日记》等作品。

1903年　发表《命运论者》《正直者》，被视为自然主义先驱。

1905年—1906年　在《美观画报》《实业画报》《妇人画报》等杂志执笔，并创立独步社。出版《独步集》及《命运》，虽然受到不错的评价，但当时的文坛以尾崎红叶及幸田露伴为主流，也就是所谓"红露时代"，独步的作品尚不被大众理解，无法靠此负担生计。

1907年　独步社破产，染上肺结核。前一年出版的《命运》大受关注，独步一跃成为自然主义运动的中心人物。

1908年6月23日　病逝。绝笔为《两个老人》，戒名为"天真院独步日哲居士"。葬礼参列名人众多，友人田山花袋以"穷"字作为代表独步一生的单字来吊唁。

守望思想　　逐光启航

LUMINAIRE

光启

春鸟：国木田独步作品集

[日] 国木田独步 著

罗　嘉 译

责任编辑　余梦娇

营销编辑　池　淼　赵宇迪

封面设计　汐和 at compus studio

内文设计　李俊红

出版：上海光启书局有限公司

地址：上海市闵行区号景路 159 弄 C 座 2 楼 201 室　201101

发行：上海人民出版社发行中心

印刷：上海盛通时代印刷有限公司

开本：850mm×1168mm　1/32

印张：10.5　　字数：181,000　　插页：2

2024 年 1 月第 1 版　　2024 年 1 月第 1 次印刷

定价：49.00 元

ISBN：978-7-5452-1989-0/I · 8

图书在版编目 (CIP) 数据

春鸟：国木田独步经典作品集 / (日) 国木田独步

著；罗嘉译 . —上海：光启书局，2023

ISBN 978-7-5452-1989-0

Ⅰ . ①春… Ⅱ . ①国… ②罗… Ⅲ . ①中篇小说－小

说集－日本－近代Ⅳ . ① I313.14

中国国家版本馆 CIP 数据核字 (2023) 第 190711 号

本书如有印装错误，请致电本社更换 021-53202430

中文版选译自

日本の文学⑤ by 国木田独歩

Nihon no bunn gaku 5 by Kunikida Doppo

Published by Chūōkōron-shinsha in 1968

Chinese simplified translation copyright© 2024 by Luminaire Books,

A division of Shanghai Century Publishing Co.,Ltd.